Petit éloge de la gratitude

Les Éditions François Bourin deviennent Les Pérégrines

Les Pérégrines : un nom en hommage au roman éponyme de Jeanne Bourin, grand-mère et figure d'inspiration d'Aude Chevrillon, la directrice de la maison.
Notre ambition : vous proposer un voyage intellectuel en publiant des textes toujours pertinents, souvent impertinents, qui, par des voix fortes et hardies, des plumes belles et singulières, observent le monde par différentes fenêtres pour mieux les ouvrir (sans enfoncer de portes ouvertes), nous amènent à faire un pas de côté (sans tomber dans le fossé), nous poussent à mieux appréhender l'autre, l'étrangeté, la diversité, nous livrent des trajectoires inspirantes pour dessiner une société plus humaine.

Illustration de couverture : © Camille Chevrillon

Couverture et mise en page : Julie Bloemhof

Éditions Les Pérégrines
21, rue Trousseau 75011 Paris
www.editionslesperegrines.fr

Olympia Alberti

Petit éloge de la gratitude

Éditions Les Pérégrines

De la même auteure (sélection)

Romans

Marguerite Duras, une jouissance à en mourir, Le Passeur, 2014 ; rééd. Baie des Anges, 2020

L'or perdu de la joie, Salvator, 2012

L'Amour dans l'âme, le journal disparu d'Etty Hillesum, Presses de la Renaissance, 2011 ; rééd. 2015

Le Royaume de sa nuit. Mère Teresa, le récit d'une vie, First Éditions, 2010 ; Presses de la Renaissance, rééd. 2016

La Prophétie de la rivière, Ramsay, 2008

Les enfants reviendront après l'Épiphanie, ou le Petit Cahier de Sara Banzet, Le Verger, 2004 ; 4e édition, 2016

Nouvelles

Les mots de tous les jours, Le Passeur, 2013

1 bis, rue Abou-Nawas, Elyzad, 2007

Le Noyau de safou, Albin Michel, 1987

Essais

Les 100 mots de Florence, Que sais-je, 2019

Les 100 mots de Venise, Que sais-je, 2016 ; rééd. 2018, 2021

Colette. La naissance de la liberté, Christian Pirot, 2004 ; rééd. 2019

Giono. Le Grand Western, Christian Pirot, 2001, prix Émile Faguet de la critique littéraire de l'Académie Française
Rilke. Sans domicile fixe, Christian Pirot, 2000, prix Thyde Monnier de la biographie de la SGDL

Poèmes
Divines empreintes, Le Passeur, 2013
L'Amour palimpseste [1982], *Cœur rhapsodie, cœur absolu* [1985] et *L'Élégie de Cabourg*, Salvator, 2012
L'Autre Côté du monde, L'Amourier, 2002

Au professeur Bahram Elahi
(et pour mieux comprendre
le dernier été de Maman…)

La vraie gratitude est une gratitude
qui n'est fondée ni sur une attente, ni sur le fait
qu'on s'y sent obligé. Elle n'est rien d'autre
que l'accomplissement d'un devoir et l'expression
d'un sentiment qui vient du cœur.
Ostad Elahi

… pour garder la gratitude et le ravissement.
Hannah Arendt

Donner le *la*

Cette célébration de la gratitude, je la souhaite réelle, c'est-à-dire prise dans les *expériences de vérité*[1] de nos vies. Je la désire sur le mode de la confiance, de la générosité, du partage. Jamais je n'ai placé la théorie plus haut que la pratique, car c'est la pratique qui met les mots à l'épreuve des actes. Or, si la gratitude ne reste qu'un mot, une pensée parfois, une attitude philosophique, elle n'est rien de plus que tant de choses qui ne restent, dans nos vies, que des syllabes désincarnées, potiches sur la cheminée. Pour qu'une valeur devienne vertu, il faut la vivre. L'incarner. C'est la mise en pratique qui change la substance des

1. Allusion directe au titre de Gandhi : *Autobiographie ou expériences de vérité.*

êtres, la saveur des choses. Et au bout du chemin, elle signe la beauté d'un accomplissement.

Avant-propos

Une scène est inscrite dans ma mémoire, elle se déroule lors de mon premier voyage en Inde. Pondichéry, au cœur d'un été d'émerveillement – j'ai tout juste vingt et un ans. Je découvre un monde qui m'est totalement étranger, une chaleur étouffante qui assoiffe, des pauvres portant leur maigreur avec noblesse, droits et humbles sans rien d'avili, des mendiants en haillons errant dans les rues par dizaines, des lépreux aux moignons desséchés ou qui suppurent. Dans la même vision, la beauté des femmes en saris brodés d'or, jasmins mêlés à leurs lourdes chevelures, et la détresse des infirmes, des estropiés éperdus appelant sur les bords de l'égout.

Cet immense dénuement me bouleverse le cœur. Humblement, j'apprends à distribuer un peu d'argent. Un des mendiants s'approche de moi, mâchant quelques mots de tamoul et je glisse des roupies dans sa sébile. Ma belle-mère m'attend dans un rickshaw. Alors que je m'étonne, en très jeune Occidentale, que le pauvre homme n'ait manifesté aucun signe de gratitude, je l'entends me répondre : « C'est à toi de le remercier : il te permet de faire une bonne action. »

Magnifique leçon. C'est à cet instant précis que je compris que l'Inde allait devenir pour longtemps une sorte de *matrie* spirituelle pour mon chemin de vie.

Introduction

Cette petite anecdote de Pondichéry eut de nombreuses conséquences. C'est sans doute à partir de cet instant que je n'arrêtai plus mon idée au premier regard sur les faits, les événements et les rencontres de ma vie, mais que je pris l'habitude de laisser la « chose » entrer dans un espace de profondeur et prendre sens, au fond de moi. Un sens intime, personnel, que j'étais souvent seule à savoir *lire*. Logique absolue : les énergies s'adressent à nous dans la *langue* de chacun. Nous y reviendrons.

Pour une raison que je ne cherche pas à cerner tant ce fut spontané, j'ai accordé depuis la fin de mon adolescence la plus grande importance aux textes sacrés – de toutes les civilisations – et à leur sagesse, quand j'étais capable de la discerner et de m'en nourrir. Certaines assertions me déroutaient, comme : « Il n'est pas un cheveu de ta tête qui ne m'intéresse. » Cette attention extrême, que l'Ecclésiaste affirme comme étant celle d'un Dieu intime à qui rien n'échappe – pas même un cheveu –, me ravissait, car elle me permettait d'induire que le dialogue avec les énergies supérieures est fin, réclame notre attention profonde, et s'adresse à chacun de nous en particulier. D'où ma réflexion du premier paragraphe : « prendre sens, au fond de moi ».

Il est bon de cerner de quoi l'on parle. La gratitude n'est pas qu'un sentiment que l'on éprouverait à propos de n'importe quelle chose qui nous aurait été bénéfique dans la vie, ni envers des personnes qui nous auraient tendu la main dans certaines situations. Tout cela est trop vague et approximatif.

Il y a la gratitude que l'on éprouve pour une personne, pour une situation, pour un événement ou un fait, pour une révélation, un apprentissage, pour une explication, un éclaircissement, et puis, un jour, il y a la reconnaissance que l'on ressent pour ce qui fut une épreuve. On remarque qu'il y a un chemin à parcourir entre être conscient d'une gratification immédiate et s'ouvrir à la lucidité de reconnaître, peut-être longtemps après, qu'une épreuve s'est révélée bénéfique.

Quand ce sentiment de gratitude perdure dans l'être, bien au-delà de ce qui l'a provoqué, il me semble devenir une vertu, une plus grande densité d'être, une force morale, une forme de belle générosité aussi pour sa propre existence. Cette pérennité de la gratitude est essentielle, si elle devient une manière de tessiture de notre être, et modifie de fond en comble notre manière de vivre.

Ainsi cette émotion délicate, au départ, relie-t-elle fugitivement deux êtres – celui qui donne, offre son aide, son appui, et celui qui reçoit ce geste, ce soutien matériel ou moral. Selon l'intensité de ce qui fut en jeu, on peut aller du sourire, de quelques mots, à un émerveillement infini qui ravive notre joie, notre désir de partage. On n'a pas fini d'explorer la puissance de l'ouverture intérieure au vivant, à la joie, à la confiance, à l'amour d'autrui – toute cette foison déclenchée par le sentiment de gratitude.

Quelle joyeuse perspective dans mon affirmation : la gratitude a des rapports étroits avec le bonheur, la sérénité, l'altruisme. C'est le contraire de l'égoïsme. Si je faisais un dessin, il y aurait un cercle et des flèches qui partiraient du centre vers l'extérieur – l'attention accordée au monde, à la vie des autres.

L'égoïsme, lui, ferait partir les flèches de la périphérie vers le centre : moi, moi, moi.

Je ne vais pas oublier d'évoquer l'enfermement psychologique inverse, puisque certains êtres s'enorgueillissent de ne jamais éprouver de gratitude. Rappelons-nous que la psychanalyste Melanie Klein, dans son texte *Envie et gratitude*, situe comme opposés radicaux l'envie et la gratitude. J'ai découvert son essai à l'occasion de l'écriture de ce livre et de cet approfondissement sur la gratitude, et j'ai pu constater, parmi mes relations, que certaines étaient imbues d'elles-mêmes, orgueilleuses, narcissiques, et malgré cela – ou à cause de cela – envieuses. Et que d'autres étaient pleines de gratitude pour quelque chose d'aussi simple qu'une soirée d'amitié après une dure journée de travail.

Il paraît impensable d'écrire que certains ne ressentent jamais de gratitude. J'ai pourtant entendu un jour, sidérée, un homme dire devant moi à son fils : « Comme ça, tu n'auras à dire merci à personne. » Imagine-t-on les dégâts d'une telle transmission ? Comme si l'expression d'un remerciement était un abaissement, une humiliation au-dessus du concevable, et que ne jamais remercier était une gloire, un honneur, une victoire sur les événements.

Il m'est arrivé d'être triste de rencontrer de tels êtres qui se vantaient de n'avoir jamais à reconnaître qu'on les avait aidés. Ils semblaient s'attribuer à eux seuls tous les mérites de leur réussite, et il leur fallait le proclamer. Ce mélange d'arrogance et d'orgueil satisfait de soi m'a toujours glacée. Non seulement aucune place n'est faite à l'autre – tout ce qui est autre –, mais aucune place n'est faite à l'invisible et aux lumières qu'il nous adresse... L'absence de spiritualité[1] est une forme de myopie mentale.

Par chance, comme, je l'espère, pour la plupart de nos contemporains, une disposition intérieure me dirige à l'opposé: rien ne m'émeut plus profondément que l'élan de gratitude. Éprouver ce sentiment pour quelqu'un ou son acte à mon égard, ou à l'égard de qui que ce soit, que je l'apprenne ou en sois témoin, me procure un bien-être, un bonheur, une douceur souvent inexprimables – sans doute car ce que l'on ressent est plus vaste et plus profond que les mots qui pourraient les épuiser. Il me semble, depuis

1. Il sera évidemment question de spiritualité (et non de religion) dans ces pages: la religion divise, la spiritualité, avec sa puissante force laïque, rassemble.

que j'approfondis ce sentiment, qu'il tisse sur notre pauvre planète une sorte de voile scintillant, et pourtant peu perceptible pour qui n'y est pas disposé, qui protège le monde de bien des conséquences de nos turpitudes anti-éthiques.

N'apparaît-il pas évident, éclatant même, que pour vivre en bonne intelligence avec autrui dans ce monde, chacun de nous devrait être moralement, spirituellement, doté d'un minimum éthique[1], comme on parle de minimum vital ? Il me faut donc poser, au préalable de cette réflexion, qu'il y a des gens pour qui ce penchant à la gratitude est plus naturel qu'à d'autres.

Et il n'est pas inutile de s'intéresser à ce principe clef, enthousiasmant entre tous, selon lequel on peut choisir de devenir meilleur, donc de travailler sur soi, pour tenter de contrer des défauts puis de les convertir en qualités – à force de mise en pratique – et de combattre nos vulnérabilités négatives.

Bien entendu, on remarque que la gratitude n'est pas un sentiment isolé, flottant en l'air comme un parfum qui n'émanerait de nulle part, solitaire et

1. Idée de Carlo Ossola, du Collège de France.

sans aucune attache avec le reste des vertus et sentiments humains. On découvre très vite qu'il y a près d'elle deux autres sentiments fondateurs, deux vertus puissantes pour la qualité et la profondeur de notre humanité : l'altruisme et l'humilité. L'altruisme est, à mes yeux, une vertu qui nous pousse à faire pour autrui quelque chose gratuitement, sans jamais rien attendre en retour – certains diraient pour la beauté du geste, d'autres penseraient, et ce n'est pas contradictoire, par la beauté de l'âme.

N'est-il pas vrai que tout ce qui importe dans notre vie est fondé sur la gratuité ? Regarder un paysage, lire un visage, porter son attention sur la connaissance, s'investir pour une cause, réfléchir, et surtout, donner son aide spontanément, sans même avoir à réfléchir, sans rien attendre en retour, aimer, incarner un idéal par des actes au quotidien : tout cela vient du plus profond de l'être, là où l'intérêt égoïste et l'avidité n'ont pas cours.

Il faudrait enfin définir ce que l'on nomme un peu vite « sentiments ». Après leur mise en pratique, on éprouve effectivement ce qui peut être appelé un sentiment, mais bien plus que des états que l'on ressent, ce sont de grandes vertus éthiques, qui répandent d'extraordinaires vibrations entre les êtres.

Exercice : s'obliger à donner chaque jour quelque chose à quelqu'un. Selon le besoin d'autrui, ce sera un vêtement, un peu d'argent, un livre, un fruit, du temps, de l'aide, de la présence. Plus on répétera l'exercice sur le long terme, plus la lumière s'inscrira dans nos habitudes, notre façon d'être au monde.

1
Source et origines

Gratus, grata –
gratum…

Soyons enthousiastes et reconnaissants envers notre langue, si riche et si nuancée : il n'est pas sans intérêt de nous offrir un petit rappel étymologique et sémantique. On ne veut pas ici chercher noise à la Grande-Bretagne et à son Brexit, mais une amie qui avait travaillé aux Affaires étrangères auprès de Couve de Murville m'affirmait que celui-ci aimait à dire que lorsque la langue des relations internationales et diplomatiques était le français, il y avait beaucoup moins de conflits.

Gratitude est un mot datant de 1445, refait sur *ingratitude* (le latin de basse époque, *gratitudo*, n'est attesté que dans un texte qui était encore inconnu au XVe siècle). C'est donc le sentiment négatif qui est à la source de la création du mot positif – il lui est antérieur. Il y a là toute une réflexion philosophique à ouvrir sur la nature humaine et ses manquements.

Je souligne cette apparition chronologique des mots pour rappeler un enseignement spirituel : dans toutes les disciplines, il est précisé aux élèves, pour qu'ils ne se découragent pas au premier effort, que les actes généreux et même altruistes ont pour corollaire immédiat, comme une manière de réflexe, l'ingratitude, parfois même des rebuffades. D'emblée, l'histoire étymologique s'inscrit dans le réel.

Pour *Le Robert*, qui développe surtout le sens premier et les significations, la gratitude est « un sentiment d'affection que l'on éprouve pour une personne dont on est l'obligé » – or la gratitude n'oblige pas toujours, et peut être simplement l'envie de faire, à son tour, quelque chose de bien. C'est aussi savoir gré de quelque chose à quelqu'un.

Gratus, à l'origine, signifiait *reconnaissant*. *Reconnaissance* apparaît vers 1080 (*Chanson de Roland*), et le sens n'est alors que « se reconnaître », du latin *recognescere*. Voilà pour Bloch et Wartburg.

Manifester, témoigner, c'est le sens plein de reconnaître. La reconnaissance signifie l'expression de la gratitude envers quelqu'un qui a offert une aide, un appui, un simple encouragement ou été l'auteur d'un acte décisif, qui a changé le cours d'une vie, qui aurait, par exemple, procuré un logement ou un travail à quelqu'un. Une fois dépassé le premier sens de « reconnaître », le mot anglais *recognition* signifiant « identification d'un objet déjà connu », vient la deuxième signification, celle d'admettre un fait auparavant nié ou réfuté. Le troisième sens est celui qui nous intéresse le plus : le fait de reconnaître un *bienfait* qu'on a reçu, le sentiment qui pousse à s'en souvenir et à « se sentir redevable envers le bienfaiteur. » C'est là que la reconnaissance rejoint la gratitude, comme une étape seconde, une étape qui signifie surtout ce que nos amis anglais nomment les bénédictions. « *Count your blessings* » (« Sois reconnaissant pour tout ce que tu as reçu »), se souvenir, avant de râler pour ce que l'on n'a pas obtenu, de tout ce qui nous est arrivé de bon.

Il faut se pencher un instant sur ce fait remarquable : reconnaître dans le sens d'« identifier un objet déjà connu » souligne aussi que pour certains, un bienfait n'est pas reconnu parce qu'il n'a pas été *connu* comme tel. Les Anglais ont une expression qui en dit long à ce sujet : « *to take something for granted* », traduisible par « tenir quelque chose pour acquis », « considérer comme un dû ». Autrement dit, il ne peut y avoir de reconnaissance puisque la personne qui a reçu un bienfait n'a pas su le voir comme tel, mais qu'elle a perçu comme une évidence que ce bienfait lui était dû. On peut aller jusqu'à dire : elle ne l'a même pas vu. On saisit ainsi le sens fort de ce mot de Louis Jouvet[1] : « On reconnaît le bonheur au bruit qu'il fait en partant. » Enfin, on peut reconnaître un événement en prenant conscience qu'on l'a vécu comme une épreuve négative alors qu'il s'agissait d'un bienfait déguisé dont la charge positive n'a pu être découverte que grâce à ses conséquences.

La chose la plus remarquable est que le mot de *gratitude* soit apparu après l'adjectif *ingrat*, premier de la lignée ; c'est lourd de sens. La qualité heureuse s'est donc développée après la constatation de son contraire. Or le contraire de la gratitude (l'envie, d'après Melanie Klein), c'est aussi le contraire de la reconnaissance, c'est-à-dire la méconnaissance, l'oubli du bienfait. Cela nous renvoie à la grande et belle vérité exprimée par la sainte kurde Malek Jan Nemati, nommée par son titre Hazrat-è-Sheykh : « On ne voit pas qu'avec les yeux, mais avec la

1. Jouvet, grand homme de théâtre, avait, paraît-il, coutume de le répéter à ses apprentis comédiens.

connaissance. » Il nous est donc demandé d'apprendre à regarder, pour voir enfin.

Il y a des années – à l'âge de quarante-six ans –, j'avais adressé à un grand professeur de spiritualité, le professeur Bahram Elahi, une lettre dans laquelle je lui posais une question en rapport avec ma situation à l'université. Ma surprise, comme un choc positif pour l'âme, fut de lire à la fin de sa réponse cette simple injonction : « Si votre situation s'arrange, ne soyez pas ingrate. »

Le mot m'atteignit, il fut d'un grand effet. Il était évident que ma situation, au sens où notre existence terrestre l'entend, n'allait pas s'arranger. Ce poste à la faculté des lettres, qui m'avait été « promis » et devait m'être attribué après cinq ans de travail rémunéré à l'heure et l'accomplissement de ma thèse, avait été offert à un autre, pour des raisons politiques. J'étais donc surprise, un peu déconcertée par cette réponse : je savais qu'il était très improbable que ma situation s'arrangeât quant à mon statut.

J'ai pensé que ce grand maître de la connaissance de soi souhaitait attirer mon attention sur autre chose, mais aussi que c'était une façon de me rappeler un autre plan d'existence. J'ai travaillé sur cette notion de gratitude, qui me touchait d'autant plus qu'elle était formulée sous la forme d'un adjectif – « ne soyez pas ingrate ». Ainsi, ce défaut de conscience pouvait, si je négligeais ce travail intérieur, qualifier un jour ma substance même. Le conseil à l'impératif avait aussi son mot à dire…

Cette soudaine révélation changea ma manière de vivre. Ce fut une décision radicale : je m'engageai alors dans un chemin d'attention pour me nourrir de ce conseil, m'en inspirer pour les gestes les plus quotidiens, m'en fortifier.

Ce qui était chez moi le simple résultat d'un tempérament gentil – je pense à ce mot si juste de la philosophe Simone Weil : « La gentillesse est la noblesse de l'intelligence[1] » – et d'une éducation – politesse, respect, courtoisie envers autrui, qualités transmises par mes parents – devint attention, application. L'*effet de parole* du grand professeur avait apporté avec lui une sorte de foudroiement de grâce.

Pendant de longs mois, je fis le ménage dans ma vie quotidienne, portant mon travail intérieur sur les petits faits du quotidien, les humbles qualités

1. Étymologiquement juste : *gens, gentis*, en latin, signifie l'appartenance à une noblesse.

que notre civilisation décadente néglige ou méprise puisque un gentil est, de nos jours, considéré comme un imbécile – l'amabilité, la bienveillance, la discrétion et la réserve, la pudeur, la politesse, la franchise et la loyauté, la générosité, l'attention accordée aux gens âgés... Bien sûr, je n'ai pas réussi en tout, mais j'ai considérablement amélioré mon comportement de chaque jour, pour le plus grand bonheur de mon existence.

La plus grande richesse que ce travail intérieur m'ait apportée, cette manière attentive de m'observer et de faire chaque soir le bilan de mes actes et de mes pensées, a été de me relier à une énergie que l'on nommera comme on voudra, mais qui a donné une colonne vertébrale à ma vie. Et il m'est possible de reconnaître aujourd'hui, après un quart de siècle de pratique, que c'est inestimable.

Exercice : chaque semaine, faire la liste de ce sur quoi on décide de travailler pendant les sept jours qui suivent. Nos défauts immédiats : l'impatience, la mauvaise volonté, la procrastination, l'indifférence, le déni, la paresse, le refus de se remettre en question dans son comportement. Il y a à faire.

On choisit une vulnérabilité, on y travaille pendant une semaine, et si l'on estime qu'il vaut la peine de continuer sur ce point, on ajoute une semaine, puis une autre… avant de passer à un autre trait caractériel de la liste.

2

L'évidence

Dans un bus bondé, je marche sur le pied d'un quidam, la belle soixantaine, qui se révèle d'une courtoisie extrême :
« Oh… je vous prie de m'excuser, monsieur.
– Je vous en prie, madame, trop heureux de vous servir de piédestal. »

Au Québec, quand vous remerciez une vendeuse dans un magasin ou un serveur dans un restaurant, ils ne vous répondent pas « de rien », comme en France, mais « c'est mon plaisir ».

C'est la toute première partie de notre réflexion. Quand exprime-t-on spontanément de la gratitude ? Spontanément, c'est sans y penser vraiment, cela peut donc relever d'un simple réflexe de politesse. Mais si cette politesse est réellement devenue une seconde nature, cela peut entrer dans le cadre de la gratitude. On dit merci pour un oui ou pour un non. Politesse. Quelqu'un qui vous précède vous tient la porte en entrant ou en sortant du métro ou d'un grand magasin ? Éducation, courtoisie, attention à autrui, simplement – merci. Cela relève parfois de la simple amabilité. Mais si on a les bras encombrés de paquets, un peu plus de cœur se glisse déjà dans ce remerciement.

Dans la file d'attente des caisses d'un magasin, une personne derrière vous ne tient qu'une baguette de pain ou un paquet de pâtes. Vous lui dites : « Passez devant moi, je vous en prie » et la personne vous remercie. Mais avec un peu plus de présence à ses mots, parce que le gain de temps est vraiment appréciable. Comme disait Rilke, tout se joue si souvent sur le théâtre de la perte et du gain.

Les exemples sont multiples, on ne se lancera pas ici dans une énumération lassante, bien que l'exercice du catalogue soit bénéfique au travail sur soi de chacun.

Il est si simple de remercier. C'est d'abord une attitude liée à notre civilisation, certes, mais elle semble se réduire à n'être qu'une goutte d'huile dans les rouages de l'expression naturelle, un polissage de nos rugosités immédiates. Cette gratitude minimale est mince, elle vient d'un bien ponctuel et fugitif dont on considère qu'il ne nous est pas dû.

Mais la gratitude dont je souhaite faire l'éloge sans réserve est tout autre – elle est liée à la conscience la plus intime de l'être, du Vivant : reconnaître que nous devons quelque chose de bon à quelqu'un puis, bien après que le sentiment de gratitude sera devenu une vertu, reconnaître que nous sommes tous une partie d'un grand tout. Et que chacun a en soi une parcelle de responsabilité.

Cette prise de conscience profonde est justement l'aboutissement de la gratitude. Reconnaître, c'est savoir lire le livre du monde, en épeler les signes, et en faire germer un monde éternel, fleurir un printemps d'épanouissement de l'être, le temps d'une infinie saison.

Dire merci ? Qu'y a-t-il de plus simple, de plus facile en apparence ? Rien. Pourtant, notre civilisation, que je trouve décadente, a inspiré cette phrase odieuse, entendue de la bouche du plus anonyme des péquins et épinglée plus haut : « Comme ça, je n'aurai à dire merci à personne. » Comme si remercier était avilissant… Cet orgueil de l'autosuffisance me semble être un manque de générosité. Jamais je ne me suis sentie rabaissée d'admirer, au contraire, je me suis toujours sentie plus heureuse, fraternelle et solidaire en disant merci à quelqu'un qui m'a aidée à comprendre ou à dépasser un moment difficile. Parce que cela souligne aussi que nous sommes tous reliés et que nous ne vivons pas chacun la tête dans un bocal.

Quand j'ai commencé ma première vie (de professeure), j'ai vécu au Congo, à Brazzaville. Un soir que Giscard d'Estaing devait venir donner une conférence dans notre hôtel, L'Olympic, j'entendais parler depuis mon balcon les techniciens français qui mettaient en place la sono. L'un d'eux a prié un de ses collègues de lui apporter un câble, et je l'ai entendu dire « merci ». J'ai alors éprouvé le bonheur instantané de celui qui retrouve quelque chose de précieux, un caillou blanc de petit Poucet. Mon caillou blanc, c'était ce petit mot que je n'avais pas entendu depuis plusieurs mois dans la rue ou au marché – il m'apparut soudain qu'il n'était pas dans les habitudes locales de le prononcer souvent. Les gens remerciaient autrement, d'un sourire ou d'un signe de tête.

Ce n'est pas par hasard que ce souvenir me revient aujourd'hui. Cet instant fut décisif : je sus alors que je ne laisserais pas ma vie risquer de perdre cette richesse spontanée qu'est la reconnaissance pour un geste ou un mot.

Revenons au conseil du professeur de spiritualité Bahram Elahi : il avait déclenché un travail. Je me mis à remercier intérieurement pour la moindre bonté des heures, pour une virgule de douceur, un souffle de chance, un mot de délicatesse – qualité si méprisée encore. Il faisait beau et j'avais à me déplacer pour régler des affaires qui nécessitaient de longs trajets extérieurs à pied ? Merci. Je trouvais une place pour me garer, merci. Je recevais une lettre de lecteur adorable, merci. Un sourire d'inconnue dans la rue, merci. Une démarche facilitée par l'amabilité et la compétence d'un employé d'administration, double merci (sachons apprécier la rareté de la chose).

Je pris la saine habitude de cultiver cette attention, pas forcément prononcée à haute voix, et elle s'inscrivit en moi comme une évidence. « Nous vivons dans l'oubli de nos métamorphoses », écrit Éluard. C'est vrai : je ne sais plus dans quelle durée s'inscrivit et se densifia ce changement. Mais il est clair que cette seconde nature s'était installée au fil des mois parce que – nous en avons tous déjà fait l'expérience – toute habitude cultivée avec attention modifie notre être en profondeur.

Une amie me fit remarquer avec beaucoup d'humour que j'étais devenue un spécimen à étudier en psychologie : « On te marche sur les pieds, et c'est toi qui demandes pardon ! »

Je me souviens encore de la stupeur sur le visage d'un conducteur, qui avait bien vingt ans de plus que moi, et qui, ayant grillé un stop, n'avait pas pu freiner à temps – pour ma part, à peine davantage. Il avait enfoncé la portière côté conducteur de ma célébrissime 2CV.

L'instant de peur passé, je suis restée courtoise, nous avons rempli nos dossiers de déclaration à l'amiable, et au moment de nous quitter, je lui serre la pince et le remercie. Il me regarde, ahuri :

« Merci, alors que j'ai abîmé votre carrosse ?

– Oui, parce que vous avez reconnu votre étourderie, que les anges m'ont protégée d'être blessée, et qu'ensuite, nous sommes restés civilisés… Disons que ce merci est l'expression de ma gratitude pour l'ensemble. »

Ma réponse le laissa pensif.

Quand il me fut donné, trois ans plus tard, de rencontrer en privé le professeur Bahram Elahi, qui m'avait conseillé dans sa lettre de ne pas être « ingrate », il me demanda immédiatement si ma situation à l'université s'était arrangée. Et je fus surprise de m'entendre lui répondre : « Non, pas au sens matériel du terme, mais le travail que je parviens à faire avec mes étudiants me donne une telle joie… c'est immense. » Il me regarda en souriant, et me répondit : « Alors, si vous avez la joie, vous avez tout. »

Cette grâce tout intérieure se passait de commentaire.

Je compris bien plus tard son enseignement délivré en Sorbonne à propos de la vie en société: «La joie est la plus grande immunité contre les défauts spirituels.»

Au bout de cette subtile transformation – qui fait évoluer, on le sait, nos deux composantes, l'esprit et la matière –, ma réflexion s'approfondit. Il faut ajouter que, si nous changeons, la qualité de notre vie change aussi, tout comme celle de nos proches, de ceux qui nous côtoient et nous voient agir. Cette habitude de plus en plus spontanée de remerciements devint un bonheur quotidien à ne pas passer sous silence. Vous ne pouvez remercier en «faisant la gueule», c'est impensable. Les heures du quotidien se font plus souriantes, et tout simplement plus heureuses.

À partir du moment où votre disposition intérieure est celle de la gratitude, vous vous posez, consciemment ou non, comme un sujet gratifié, donc heureux: être en situation de remercier la vie, c'est reconnaître que l'on en reçoit du bon et du bien.

Je pense à ces mots de Michel Legrand. Un soir de grande tournée internationale, fatigué, il entra dans un restaurant de Samarkand où se produisait un petit orchestre de musiciens ouzbeks, qui se mit alors à jouer l'air des *Parapluies de Cherbourg*. Il se sentit soudain empli de gratitude, pour son art, pour sa vie et, au plus vaste, pour la musique. « Nous ne pouvions pas nous parler, nous nous touchions par la musique… »

Il y a même des spécialistes de la psychologie positive (tournure de pensée très américaine, visant le succès et la réussite, maîtres-mots de la plénitude trop souvent matérielle telle que la conçoivent nos amis d'outre-Atlantique) qui affirment que la vertu nommée gratitude augmente non seulement le simple bien-être, mais surtout la santé.

Évidence telle qu'une de mes connaissances, le docteur Georges Siffredi, me dit un jour lors d'un salon du livre à Toulon, alors que dans mon existence je faisais face à une période de turbulences peu agréables : « Tiens-toi droite, détends tes épaules, regarde devant toi et prononce : "tout va mal". » Je m'exécutai et, à ma grande surprise, j'éclatai de rire ! On ne peut pas proférer une phrase négative avec une position physique équilibrée et sereine. Cette petite leçon me fut bénéfique. Et je fis faire l'exercice à nombre de mes amis.

Exercice : envoyer une lettre (ou un courriel, ou un texto, mais c'est moins beau) à quelqu'un que l'on n'a pas assez remercié pour un bienfait. Renouveler l'exercice aussi souvent que nécessaire… Pour un plus grand bénéfice mental, s'efforcer d'analyser la raison qui nous a mené à cette négligence, et faire en sorte d'écrire, chaque fois, l'expression d'une gratitude véritable.

3
Ample sillage de l'attention

Au fond du cœur reconnaissant,
le bienfait porte intérêt.
Diderot

Les grandes leçons de la vie sont bien souvent faites de petits riens, d'allusions voilées, de réflexions dites en passant, de signes qui nous parviennent parfois par ricochets et que nous ne savons pas repérer, que ce soient des mots d'amis ou de gens croisés « par hasard » dans la rue ou lors d'une soirée. Plus avant encore, nous recevons quelquefois des signes subtils qui ne se manifestent clairement qu'à ceux qui savent les recevoir, les lire. Julien Gracq, dans *Le Rivage des Syrtes*, écrit que certains signes ne sont perceptibles « qu'à ceux qui les ont longtemps guettés ». C'est dire si nous ne guettons pas beaucoup.

« Ça m'a échappé », entend-on souvent. Déficit d'attention. Déficit de regard sur autrui, déficit d'attention à tout ce que nous recevons et à ce dont nous devrions être reconnaissants, contrairement aux attitudes égocentriques fort répandues.

Remercier, au moins par la pensée, cette onde si puissante, nos parents, nos amis, les humoristes qui sèment le rire, et tous les gens qui nous donnent un instant de bonheur au fil des jours… Je pense notamment aux musiciens des rues, que je surnomme, à la Chagall, « violonistes du métro ».

Or lire les signes suppose une base minimale de sensibilité, non seulement aux apparences, mais aux connaissances qui permettent de relier et rapprocher les plus petits faits. La grande mystique kurde évoquée plus haut, Hazrat-è-Sheykh, répétait qu'on ne voit pas avec les yeux mais avec la connaissance. La sienne était majuscule puisque, frappée de cécité très jeune, elle devint voyante, et percevait donc l'invisible, grâce à la haute connaissance qu'avait atteinte son âme.

On le vérifie en marchant dans la rue avec un enfant de trois ou quatre ans : il a beau avoir des yeux comme l'adulte qui l'accompagne, même s'il voit les choses, il ne voit pas leur signification, non plus que leurs conséquences.

Faisons simplement le parallèle avec l'apprentissage de la lecture, quand on est enfant : on apprend d'abord à remarquer la forme des lettres, puis on les mémorise, associées à des sons, on les reproduit de manière de plus en plus réussie, et on apprend ainsi à la fois à lire et à écrire des mots, à en connaître le sens. Ce sont les balbutiements de la connaissance d'une langue. Lorsque j'ai dû apprendre le russe, pour lire la correspondance de Marina Tsvetaïeva et de Boris Pasternak, à l'occasion de ma thèse sur Rilke, j'ai rajeuni intérieurement, parce que l'apprentissage d'une langue nous fait parcourir un chemin pris à l'aube de la vie. Mais ceci est valable avec toutes les formes d'apprentissage : se mettre à l'équitation après trente ans oblige à une évidente jeunesse d'esprit et à l'humilité indispensable à tout nouvel apprentissage.

C'est dire si la chose la plus précieuse à entretenir et à développer en nous est l'attention. Décider de changer quelque chose en soi, c'est travailler. C'est du taf. Non, cela ne se fait pas tout seul. Tout commence par une observation attentive de notre propre manière de vivre – et qui renvoie à un joli proverbe : « Ne t'occupe pas de la paille dans l'œil de ton voisin, mais de la poutre qui est dans le tien. » En concomitance avec l'attention se développe l'humilité – vous savez, ce sentiment profond qui vous donne la taille d'un ciron et qui peut vous accorder la grâce de vous faire passer un jour par le chas d'une aiguille.

Alors la gratitude s'approfondit, elle devient d'abord une manière d'observation, de vigilance. L'exercice est bénéfique, on ne râle plus pour un rien, on a assez vite la sensation que notre existence s'est enrichie de quelque chose d'infime et d'immense à la fois, et que l'on avance sur un chemin qui s'éclaircit, où tout devient prétexte à l'amélioration de soi. Il n'y a là rien de facile, juste le développement d'un regard attentif sur soi-même, mais aussi d'une distance, d'un recul, comme si on ne cessait d'appuyer sur la touche *replay*. On travaille, littéralement, sur soi. Sur son propre comportement. Peu à peu, cette observation permanente nous donne d'être plus lucide sur les autres, sur la vie.

Évidemment, il y a des rechutes, des agacements face à une contrariété, un souci, une panne au mauvais moment – mais y en a-t-il jamais de bon ?

En travaillant sur ses émotions, ses raisonnements, ses pensées, on parvient à en cultiver de plus positives. Une de mes amies, plutôt âgée, avait l'habitude de me dire : « Quand on se sent découragée ou momentanément à bout de forces, se rappeler les bonnes choses de sa vie [elle les appelait des bénédictions] fait beaucoup de bien. Et une fois que l'on récapitule tous les bienfaits dont notre existence a été, est gratifiée, on n'a plus le temps de râler pour ce qu'on n'a pas. »

Alors on se contente de ce que l'on a, on apprend à en être heureux, et l'on rejoint le mot merveilleux de Saint Augustin : « Le bonheur, c'est de continuer à désirer ce que l'on possède. » C'est là que l'on touche du doigt les oppositions, les fractures dites fondatrices des civilisations, qui ne sont que des paradoxes : le bouddhisme parle d'annihiler le désir et l'avidité, maîtres de tous les maux, et l'augustinisme parle de faire durer le désir de simple contentement, source du bonheur absolu… Or, puisque se satisfaire de ce que l'on a revient à tourner le dos à l'avidité, les philosophies spirituelles finissent par se rejoindre.

Ne pas passer sa vie dans le désir permanent permet de rejoindre une gratitude fondatrice : se satisfaire de peu est une grande richesse. Réjouissons-nous du bonheur ponctuel, certes, d'être dans une santé relative, d'avoir un toit sur la tête, de pouvoir vivre dans un pays sans guerre où la liberté n'est pas qu'un mot, quoi qu'on en dise. De la même manière, l'envie nous détourne de ceux qui ont tellement moins que nous – et qui sont légion. Tournons-nous un instant au moins, chaque jour, vers ceux qui n'ont pas le bonheur de ces inestimables richesses – et notre cœur ira vers le nombre croissant des sans-domicile de la Terre, des migrants dont on devrait reconnaître qu'ils sont surtout des exilés du bonheur et des déracinés de force.

À ne cesser d'envier ceux qui ont plus, on finit par éprouver un sentiment de frustration, d'aigreur – alors que se réjouir d'accomplir son travail avec application, de pouvoir aider quelques personnes, ou seulement de regarder un paysage apaisant comble l'être profond. Alors qu'écouter un morceau de musique nous met les larmes aux yeux et nous fait remercier Mozart, Chopin, Rachmaninov, qui ont accompli ces œuvres lumineuses – souvent à cause d'épreuves majeures –, alors que lire un livre profond éveille un foisonnement de sentiments, de pensées et densifie l'être. Cela n'exige pas une fortune, donne des satisfactions essentielles, et permet de nous sentir nous épanouir et avancer.

Sentir le changement en soi exige un peu de distance, mais aussi de la concentration. On passe de l'étonnement devant une situation – cette émotion n'est pas rien, elle nous permet de sortir de l'inattention, de l'indifférence – à l'émerveillement qui vient d'un rien, d'un air de musique, d'une page, de la rencontre d'un poème qui s'est attaché à une joie, ou qui, simplement, en lui-même, a atteint l'intime de notre être.

Ces plages de bonheur nous offrent des instants de respiration, et nous éloignent de cette âpreté forcenée à courir après le verbe avoir. Le drame de l'avidité et de l'envie, c'est qu'elles révèlent une insatisfaction liée à un vide intérieur sévère et mènent à oublier l'être, la vie, l'âme et plus encore : l'espace spirituel qui devrait guider toute décision importante. Quand notre cœur se gonfle du sentiment de beaucoup recevoir, on dit même qu'il « déborde », nous sommes poussés à aider les autres, à partager, à donner davantage. La perspective s'inverse. On entre dans la gratitude, et on éprouve alors plus de bonheur à donner qu'à recevoir. J'appellerai ce sentiment la conscience joyeuse d'une dette.

La gratitude, on le voit, c'est le pur contraire de la frustration, elle rend optimiste, en un mot : généreux. On a envie de donner du bonheur aux autres, de leur offrir un sourire, et on apprend peu à peu à éviter de faire peser sur eux le poids de nos soucis

– de ces contrariétés personnelles qui n'ont pas à empiéter sur la vie d'autrui.

Grâce d'apprendre à se connaître, à reconnaître nos défauts et nos qualités, et rappelons-nous les deux injonctions, socratique et christique : « Connais-toi toi-même » et « Tu aimeras ton prochain comme toi-même ». Si la première est difficile, la seconde est presque impossible, tant nous sommes envahis par notre ego.

Dans le sillage de l'attention vient cette transformation délicate puis très sensible : peu à peu nous sautent aux yeux de simples égoïsmes. On est tellement pris par ses pensées, son objectif, son retard à un rendez-vous, que l'on n'aide pas une personne âgée à porter sa valise. Autant d'étourderies proches de la négligence, d'indifférences, face auxquelles le seul remède est d'abord l'exercice mental de se mettre à la place de l'autre.

Et si je devais m'exiler, moi aussi ? Et si je subissais de telles horreurs dans mon pays, que je devais partir – *migrer* disent nos politiques, comme si c'était une perspective de voyage choisie – pour protéger la vie de ma famille et la mienne ? Est-ce que la phrase méchante, pour ne pas dire haineuse, de cet homme politique indigne (le nommer nous salirait la bouche), « Vous n'êtes pas le bienvenu, partez d'ici », ne me blesserait pas, ne briserait pas ma confiance en l'être humain ?

Exercice qui ouvre d'un petit centimètre la porte à l'injonction christique, si exigeante : avant d'en arriver à aimer l'autre comme soi-même, il faut le respecter, l'aider, pratiquer la solidarité (qui ne sera jamais un crime, n'en déplaise aux législateurs cyniques), bref, lui tendre la main.

On apprend à regarder, à voir, à se voir, en situation.

Quelque chose se passe alors dans notre cœur, qui va nous aider à développer une conscience fine, et nous en sommes immédiatement gratifié.

À force d'observer, on quitte la passivité paresseuse, on remarque bien plus de choses qu'auparavant, on analyse, on développe une attention étonnante et le champ des perceptions s'élargit. Des choses que l'on ne voyait pas nous ouvrent l'esprit et nous obligent à penser autrement, à éduquer notre pensée. Richesse de l'expérience.

Si l'on veut maintenir ouvert notre champ perceptionnel, il faut entretenir ce regard attentif aux événements extérieurs, à leur résonance en nous. Rappelons-nous ces jolis mots du personnage de Rilke dans *Les Cahiers de Malte Laurids Brigge*, le premier grand roman du XXe siècle, quand il écrit dans son cahier : « J'apprends à voir. Je ne sais pas à quoi cela tient, mais tout pénètre plus profondément en moi, sans s'arrêter à l'endroit où d'ordinaire tout s'achevait. J'ai un intérieur, que j'ignorais. Tout y entre désormais. »

Cet intérieur auquel Rilke fait allusion est la pièce principale du puzzle de notre être profond. Sans intériorité, point de pensée, de sensibilité, de développement mémoriel, de rapprochement des faits, d'analyse, d'approfondissement. Sans cet intérieur vigilant, aucune conscience des conséquences de nos actes, de la répercussion même de nos pensées sur notre manière d'être au monde. Un grand maître, en Inde du Sud, me dit un jour : « Si les gens savaient que tout a une conséquence, et que tout sera rétribué, en bien ou en mal, les actes, les pensées et les intentions, chacun de nous ferait beaucoup plus de ménage dans son esprit ».

Nous ne sommes pas des coquilles vides, donc n'agissons pas comme telles, creux et simplement bouffis de nous-mêmes, et accordons à cet intérieur – où l'autre a sa place – l'importance qu'il mérite.

Il ne s'agit pas d'acquérir une connaissance extérieure à nous-même, qui serait la même pour tous, comme les médecines sans finesse qui traitent toutes les personnes de la même manière, mais bien de connaissances qui trouvent leur résonance en nous. En pensant qu'il faut soigner une maladie, plutôt que d'aider les malades à guérir, on se trompe de cible. Dans ses *Lettres à un jeune poète*, Rilke écrit encore: « Il n'y a pas de pluriel mais infiniment de singuliers. » Il s'agit ainsi d'un apprentissage du sens de la vie et d'un approfondissement de la connaissance de soi, et ces deux démarches se font dans le même temps, mais à des rythmes différents. Il y a une forme de symbiose, avec une langue unique, qui n'a de sens profond, juste et lisible que pour et par chacun de nous.

« Il n'est pas un cheveu de ta tête qui ne m'intéresse », n'est-ce pas la plus belle façon de témoigner de ce souci du détail ? J'en reviens à l'injonction du début de ce chapitre: lire les signes qui nous sont adressés, à chacun d'entre nous, selon notre langue, notre finesse de perception. Notre propre capacité à décrypter le monde. À chacun son dialogue avec le monde… et avec les énergies.

De la même manière que l'on parle à un enfant dans une langue qu'il peut comprendre, les énergies supérieures s'adressent à nous dans une langue dont nous sommes à même de repérer les signes, quand nous y sommes prêts, puis de les saisir, selon notre degré de connaissance de nous-même.

Un de mes grands amis pratiquait des jeûnes fondés sur la sagesse soufie. Ces jeûnes étaient exigeants, il ne devait ni manger ni boire, durant trois ou quatre jours, du lever au coucher du soleil. Il avait choisi de pratiquer cette discipline chaque mois. Inutile de vous dire qu'en plein été – ajoutez-y une belle canicule – la soif était cruelle.

Pour mieux la supporter, V. allait parfois s'étendre dans la rivière et respirait la bouche ouverte – ce qui lui donnait la sensation d'absorber un air moins chaud, un peu rafraîchissant. C'était relatif… À partir de ce moment-là s'inscrivit dans son inconscient que tout ce qui venait de la rivière et de la mer lui était bénéfique. Et il me confia un jour, lors d'un déjeuner sur les hauteurs de Nice, que dès qu'il rêvait de poisson il en déduisait qu'il allait recevoir une bonne nouvelle, c'était à ses yeux le signe annonciateur qu'une chance allait lui advenir ou qu'elle se trouvait déjà là et qu'il ne l'avait pas assez remarquée et fêtée.

Or, une dizaine d'années plus tard, nous sommes invités chez lui dans le Gers, où il s'est installé avec sa seconde épouse et leurs jeunes enfants. Aidé de mon mari, il décide de restaurer la toiture de la bastide, puis de rénover le plafond du séjour.

Au bout de cinq jours, les travaux sont achevés et le dernier soir, notre ami commet un lapsus limpide : « Je suis heureux que le *poisson* soit terminé. » Il se reprend, dit *plafond*, et je lui réponds que je suis sûre de son bonheur, grâce à son lapsus. Il me regarde, surpris, et je lui rappelle ce qu'il m'avait confié dix ans auparavant : « Tu es heureux de ce que vous avec accompli, tous les deux, pour la maison, et donc ton inconscient te fait dire *poisson*, signe pour toi de chance que tout se soit passé sans encombre, donc de vrai bonheur. Tu te souviens de ce que tu nous avais raconté sur les jours de jeûne et tes bains frais dans la rivière ? »

En narrant cette petite anecdote, je veux juste partager ce que je nomme l'attention aux signes. C'est tout petit, mais les conséquences qu'ils ont sur la connaissance de soi et d'autrui sont infiniment plus vastes qu'il n'y paraît.

De la même manière, dans *Instants de vie*, Virginia Woolf évoque les émotions et les événements de sa vie. Et avec son intelligence percutante, elle écrit : « J'ai encore la particularité de recevoir des chocs inattendus, ils sont maintenant toujours les bienvenus ; la première surprise passée, j'ai aussitôt l'impression chaque fois qu'ils sont particulièrement précieux. Et ainsi je persiste à croire que l'aptitude à recevoir des chocs est ce qui fait de moi un écrivain[1]. »

La capacité à être atteinte et touchée dans sa sensibilité lui fait dire : voilà, c'est pour et par cela que je suis une écrivaine. Donc la capacité à vibrer de joie ou de douleur est une chance, une fécondité. J'ai beaucoup de gratitude envers Virginia Woolf d'avoir rencontré chez elle cette phrase, parce que j'admire la puissance de son écriture, et qu'elle dit en prose ce que j'ai tenté d'exprimer autrement dans *L'Autre Côté du monde*[2], un de mes récits – que les lecteurs ont appelé poème – où j'écris : « des interrogations troublantes, peut-être dér*ange*antes : dans une étymologie à usage strictement personnel, j'ai admis que me dér*ange*r, c'était me rappeler à la mémoire des anges. »

Chaque fois qu'une émotion nous déstabilise, nous apprenons à nous connaître. Cela peut demeurer confus, puis s'éclaircir à mesure que nous y accordons

1. Virginia Woolf, *Instants de vie*, trad. de Colette-Marie Huet, Stock, 1986.

2. *L'Autre Côté du monde*, livre de l'auteure, éditions L'Amourier, 2002.

de l'attention, et un peu de travail intérieur. Parce que nous cherchons à comprendre le pourquoi et le comment de notre réaction, et de notre relation à la vie. En gardant une attention vive, on développe ses multiples perceptions du réel. « L'aptitude à recevoir des chocs » que souligne Virginia Woolf est donc valorisée par sa conscience, au point de devenir la source même de son écriture.

Appliquons cela à notre vie de chaque jour. De la même manière, un événement désagréable nous arrive : dès que nous pouvons être en état d'en faire l'analyse, cherchons, essayons de remonter aux causes, de comprendre quel est le sens de cette péripétie. Ne nous contentons pas de considérer l'exemple de Virginia Woolf comme un exemple littéraire !

Elle poursuit ainsi : « Je sens que j'ai reçu un coup ; mais ce n'est pas, comme je le croyais quand j'étais enfant, un simple coup d'un ennemi caché derrière la ouate de la vie quotidienne ; c'est le témoignage d'une chose réelle au-delà des apparences ; et je la rends réelle en la traduisant par des mots. »

Elle appelle ce travail de réflexion « découvrir ce qui va ensemble », c'est-à-dire approfondir le sens de la vie à partir de la signification des choses qui nous resteraient fermées, extérieures, si nous ne leur accordions pas l'attention qu'elles méritent. Si nous ne leur accordions pas leur juste, leur vraie place. Plus encore, « ce qui va ensemble » renvoie à la notion spirituelle de plan, d'intentionnalité, d'un lien de cause à effet inscrit dans une logique de profonde intelligence de la vie. Le désordre en est banni : l'approximation et la confusion ne viennent que de nous, pas d'une destinée imposée qui nous serait mauvaise, ou même fatale. Dans cette expression, on perçoit bien une autre information dans l'esprit de Virginia Woolf : l'idée – platonicienne mais pas seulement – d'une unité primordiale, qui nous permet fugitivement de saisir que non seulement la vie a un sens, mais que la vérité, même si elle avance masquée à nos yeux, se dévoile peu à peu pour qui cherche, persévère et accomplit.

La première étape du chemin qui mène à la vraie gratitude, c'est donc de faire attention. Il s'agit bien d'un verbe actif, de s'efforcer à une action. Si nous faisons de la marche en montagne, nous devons faire attention pour adopter le pas juste, et ne pas poser le pied où il ne faut pas, de crainte de dégringoler. Faire attention, c'est le conseil que nous donnent les grandes personnes, quand on est petit : fais attention en traversant la rue. Que ne décèlent-elles dans cette phrase ce qu'elle a de fondateur : faire attention en traversant la vie ? Virginia Woolf en avait compris toute la puissance, pour donner un titre aussi somptueux que *La Traversée des apparences* à un de ses livres. Tout est fondé sur le changement de regard que l'on porte sur la vie, ce courant de souffle et de lumière, et sur nos existences.

Une fois cette attention suffisamment cultivée et devenue réflexe, on pourra analyser, tenter d'expliquer et de comprendre ce qui nous arrive. Ce que Virginia Woolf appelle « les chocs », ce sont des faits, parfois infimes, qui nous réveillent, nous percutent, nous obligent à penser. Et il faut les remercier d'être là car ils nous mènent à ce qu'elle nomme « le ravissement », c'est-à-dire la prise de conscience que la vie est riche, intense, pleine de révélations et jamais source de désespoir, quelle que soit l'épreuve.

Faire attention, c'est aussi regarder l'autre, lui donner de l'importance. Sans doute que la source de toute joie est d'abord, encore et toujours, l'Un.

À force de porter de l'attention aux choses autour de nous, le monde s'ouvre sur de multiples richesses. On commence imperceptiblement à changer de regard et à reconnaître, fugitif, le petit bonheur qui nous traverse. L'altruisme, on l'a dit, est une dynamique, un courant d'énergie qui va de soi vers les autres et revient chaque fois nous combler. Cette plénitude, nous la devons à la convergence de toutes ces formes plus ou moins élevées de l'amour, fondement de toute éthique véritable. Cette ouverture nous fait tourner le dos à l'aigreur et à l'âpreté – qui, elles, rétrécissent l'être. On voit plus la lumière que l'ombre, et le don plutôt que le manque. Quand il y a humilité vraie, tout est grâce. Force est de constater que s'intéresser à la gratitude, c'est déjà ouvrir des pistes du côté de l'humilité, de la compréhension, de l'altruisme, du bonheur. Cette diaprure de vertus rassemble et tisse de puissants liens dans nos vies : la beauté, la générosité, la bienveillance, entre autres.

Jacques Attali écrit, dans un article intitulé « L'Esprit d'équipe », publié dans *L'Express* : « Il nous faudrait cesser de confondre la liberté avec l'égoïsme, le bonheur avec le plaisir, le succès personnel avec l'échec de l'autre, l'ambition avec la jalousie, la passion avec l'envie. Nous devrions faire de l'altruisme la valeur suprême. » Puisque la gratitude y est intimement liée, comment ne pas la reconnaître, elle aussi, comme valeur suprême ?

Une saine attention développe d'emblée une émulation, c'est le contraire de tous les effroyables défauts que cite Jacques Attali. Car la gratitude sape les fondements de l'égoïsme, de la jalousie et de l'envie, qui ont l'arrogance pour espace. À l'arrogant, tout est dû, à celui qui éprouve de la gratitude, rien : il remercie justement pour un rien, il y fait attention. Il y a là le développement d'une délicatesse précieuse pour notre société grossière et avide. Je le redis : à l'humble, tout est grâce.

À mesure que nous avançons, nous apprenons à lire et c'est une réelle jubilation de vivre le monde comme on lirait un grand livre ouvert. La lecture des signes nous permet d'explorer notre quotidien, ses chemins et ses rencontres, en nous laissant guider par les qualités fondatrices de la gratitude que sont l'altruisme et l'humilité.

L'altruisme, parce que regarder autour de soi, c'est ne pas rester fixé sur son nombril, s'enfermer, se buter, se bloquer. J'appelle cela encore des évidences, elles se passent de démonstration. Même si ce qui nous intéresse doit aller beaucoup, beaucoup plus loin dans la pratique de la gratitude, je voudrais insister. Repérer qu'une personne vacille, l'aider à s'asseoir, proposer de l'aide à qui a du mal à porter un paquet trop lourd, tout cela coule de source.

Moindre des gentillesses, direz-vous. Mais combien de fois, happés par nos soucis personnels, omettons-nous d'accorder un peu d'écoute, d'attention à qui en a manifestement besoin ? Cela suppose de sortir de sa bulle d'égoïté. Un ami, un voisin, montre un visage triste, on s'approche, on lui parle, on propose de l'aider, on lui offre un peu de temps, un peu d'écoute ; on sait que l'amie d'une amie, que l'on a croisée quelquefois, est gravement malade, on propose de lui faire transmettre un petit mot, de lui faire apporter un livre, des fleurs, quelques douceurs.

C'est cette attention qui permet de passer à l'étape supérieure. Ralentir son pas, en traversant la rue, si l'on aperçoit une personne chargée d'ans qui traverse également mais avec lenteur, inquiète et oppressée par le trafic des voitures qui klaxonnent agressivement. En marchant à son rythme, on lui donne le sentiment d'être moins seule. Je ne vais pas lister tous les exemples possibles, des milliers se présentent à nous chaque jour. Dès que l'attitude intérieure a changé, dès que l'attention se développe, notre champ de perceptions s'ouvre, et des choses que l'on ne remarquait pas auparavant se révèlent à nous. Certains types d'événements se répètent, comme des coups que quelqu'un frapperait à notre porte. Pour se faire entendre. Ils appartiennent aux signes.

Cela n'est pas théorique, du tout, car tout s'acquiert par une pratique de l'attention fine, de l'observation, d'une forme de concentration. Ce sillage d'informations peut aboutir à une règle. Cette réitération, répétition d'émotions appuyées, se rend peu à peu lisible comme s'il fallait que nous prenions conscience de quelque chose, soit pour corriger un défaut, soit pour découvrir une idée et la mettre à profit pour d'autres.

Exercice : s'obliger à porter plus d'attention aux choses apparemment sans importance, s'astreindre à plus de concentration aux actes habituels, de chaque jour, que ce soit au travail, au volant, en marchant simplement dans la rue. Résultats réjouissants.

4
L'empreinte

De mes feux mal éteints je reconnus la trace.
Racine

C'est là que les choses commencent à « clignoter », et que la gratitude qui provoquait du bien-être, une certaine disposition d'esprit alliant sourire, gentillesse et remerciement développe une plus grande résonance. Ce qui n'était qu'un sillage va peu à peu se faire empreinte, et sa marque sur nos jours ne se laissera pas effacer si facilement. Le remerciement sous toutes ses formes ne peut suffire à résumer cette vertu qui va s'affirmant, aussi lumineuse que discrète.

Le pli n'est-il pas devenu trop machinal ? À quoi s'adressait ce remerciement réitéré, vers *qui* allaient ces balbutiements de gratitude ? Grande question sur laquelle nous reviendrons plus amplement dans un prochain chapitre. Des sourires évidents de l'existence, de l'amabilité, de la douceur, des petits bouts de bonheur immédiat. Une énergie de chaleur humaine et de sympathie circulait – ce n'est pas négligeable, me direz-vous. Surtout quand ce courant vient à vous et offre des facilitations. Mais si la gratitude était encore autre chose? S'il me fallait développer davantage de vigilance, et repérer les occurrences qui se proposaient à ma pensée, tout au long des jours, sans abord aisé ni facilitation justement ? Et s'il me fallait regarder d'un peu plus près les soucis, les contrariétés, les empêchements, les lenteurs pour remonter des effets aux causes, et analyser les événements plus en amont, à la source? Je pris rapidement conscience que ma gratitude était sélective.

Souvenir. J'ai vingt ans, et nous rentrons à l'aube avec mon fiancé d'un week-end estival à Antibes chez mes parents. Il n'y a quasiment personne sur la route, je conduis à vive allure sur la promenade des Anglais, quand un des pneus éclate. Tout va très vite, je m'agrippe au volant pour tenter de maîtriser le véhicule et parviens à arrêter la voiture le long du trottoir de la mer. Plus de peur que de mal. La jante est à nu, le pneu en lambeaux, nous avons réveillé les riverains par un bruit d'enfer, mais nous sommes vivants.

Une pensée nous vient à l'esprit: ç'aurait pu être pire. Certes. Mais nous n'avons pas plus remercié la vie que cela. Juste remarqué que nous nous en sortions bien, que nous avions eu beaucoup de chance de ne blesser personne. On remercie davantage la vie quand on rate un avion dont on apprend, deux heures plus tard, qu'il s'est écrasé sur une montagne…

On apprend peu à peu à remercier aussi pour les pépins, les grains de sable qui enrayent la précipitation à faire, les soucis, parce qu'alors l'exercice, avec justesse, ouvre un chantier intérieur moins commode. On commence même à penser que, parfois, un pépin, un empêchement, un incident ou un échec apparent ne sont pas des choses négatives. Un jour que nous allions dans notre maison de montagne, nous étions bloqués dans un petit embouteillage. Alors que nous commençons à grimper dans les petites routes de l'arrière-pays, nous découvrons qu'un rocher s'est détaché de la paroi et a touché un véhicule qui nous précédait et qui avait fait des excès de vitesse pour passer à temps.

De quoi me souciais-je, à chaque petit problème de la vie, et pourquoi ? Cela rejoignait l'enseignement que j'avais reçu durant douze ans, l'été – de la part d'un maître en spiritualité, Selvarajan Yesudian, qui disait à chaque nouvelle séance qu'il fallait se demander : « *Why am I unhappy?* » Pourquoi suis-je malheureux ? D'où venait cette insatisfaction, ce mal-être permanent ? C'était passionnant. Cela obligeait à saisir le bout d'une pelote et à remonter doucement jusqu'à la cause…

J'ai aussi pris conscience, peu à peu, du fait que ce maître hindou avait de la générosité à utiliser « *unhappy* », malheureux, alors qu'il aurait pu se contenter de « pourquoi ne suis-je pas heureux ? » Il nous aidait à prendre conscience du mal-être. Au fond, d'où venait cette inaptitude au bonheur immédiat – petit souffle à saisir quand il passe à portée –, notre souveraine incapacité à la confiance en la vie, donc à la sérénité ? Sans doute d'une forme de paresse mentale, d'une absence de réflexion, car l'émotionnel non maîtrisé mène à une habitude de pensée négative. Ce qui était rassurant, c'est qu'il y avait un remède : le travail d'éduquer sa pensée pouvait nous aider à progresser.

Je peux situer à cet instant-là le début chez moi des métamorphoses intérieures, qui me rappellent que ce qui est vrai n'est pas toujours immédiatement perceptible à une lecture de surface. Cela simplifierait notre vie sur Terre, mais ne serait d'aucun intérêt : nous devons développer la conscience de la vérité et marcher vers elle avec un mélange de détermination, d'effort, d'humour et de persévérance.

Une jolie anecdote de la pensée soufie s'impose à ma mémoire. Un jour, en Afghanistan, un jeune homme gagne un cheval à la loterie du village. Les voisins se précipitent chez le père du jeune homme, sage reconnu dans la région, pour lui dire : « Ô grand maître, bonheur pour toi et les tiens, ton fils vient de gagner un beau cheval à la fête. » Le maître leur répond : « Et qui vous dit que c'est un bonheur ? » Désarçonnés, les voisins se dispersent et chacun rentre chez soi, pensif. Le lendemain, le gagnant enthousiaste veut monter son fougueux cheval. Sa monture se cabre et, comme il n'a pas une grande pratique de l'équitation, qui plus est à cru, il se fait éjecter à la première ruade et chute violemment au sol. Les voisins se précipitent chez le maître pour lui annoncer que son fils s'est cassé la jambe. « Ô grand maître, tu avais raison, un malheur vient de survenir : ton fils est tombé de son cheval et s'est cassé une jambe. » Réponse du maître en sagesse : « Qui vous dit que c'est un malheur ? » Plus perplexes encore que la veille, les voisins s'en retournent chez eux, perdus. Le lendemain, une guerre éclate entre la région et une contrée rivale, mais comme le fils a une jambe cassée, il ne part pas au combat…

Les événements d'une existence ne sont pas toujours compréhensibles tout de suite, il faut les garder en mémoire, en poursuivre l'élucidation et en déduire l'interprétation plus tard, avec un recul nécessaire à la connaissance fine d'un enchaînement des causes et des effets : au fond, c'est comme s'il fallait traduire les faits au filtre de l'histoire ultérieure, qui fera suite avec un événement parfois majeur, parfois infime, juste entraperçu, et par cela même peut-être négligé. Gardons-nous de juger trop vite. Et de crier au malheur et à l'épreuve… La confiance peut donc aussi permettre d'accéder à la gratitude.

Parler d'empreinte, de re-connaissance des faits, n'est pas abusif. Il faut développer une attention à nos propres actions, à nos réactions, à la manière dont nous vivons les événements de notre histoire. Cette surveillance a beaucoup à voir avec la connaissance : il ne faut pas vivre comme par inadvertance, dans une sorte de distraction si habituelle qu'on finit par la penser normale – comme si, dans cette vie, tout nous était dû. On l'a vu. Mais il ne faut pas vivre non plus en donnant « à chaud » aux faits une valeur immédiate et définitive.

Rien ne nous est dû, tout se mérite. Cette vérité spirituelle devrait être inscrite au fronton de toutes les écoles, des collèges, des lycées et des universités.

Encore faudrait-il approfondir une philosophie de vie un peu plus riche que celle qui se trouve communément admise. De nos jours les gens ne parlent que de leurs droits, jamais de leurs devoirs. Pourtant, la chance ne nous est envoyée qu'à la suite d'une série d'actes positifs, généreux. Il faut parfois attendre, mais elle se révèle bien souvent comme une rétribution en écho à un bienfait. Rien n'est le pur fait du hasard et les milliers de petits maillons qui se combinent et se nouent pour aboutir à une conséquence, en sont la preuve.

Pascal et sa philosophie sont édifiants au sujet de la gratitude. La fameuse distraction qui nous éloigne du centre de nous-même et des seules grandes questions qui vaillent est fatale à nombre d'entre nous, qui ne voient pas que cette manière d'exister est immature, superficielle. La vie est un trésor, qui nous est offert, non pour demeurer à l'extérieur de soi, inoccupé, vide – à côté de ses pompes –, mais pour avancer. Or avancer n'est pas courir à l'étourdissement des plaisirs et satisfactions, ni rester à la surface de l'existence, mais bien chercher à atteindre l'approfondissement de la conscience la plus intime. Rappelons à ce propos qu'*intimus* est un superlatif absolu qui signifie « le plus intérieur ».

Être conscient de ce trésor permet de maintenir une attention aiguë aux prétendus petits riens qui font signe et sens. On peut se contenter d'être un consommateur, mais ce n'est pas un but, c'est une errance. Être un citoyen, c'est déjà mieux ; mais être un pèlerin ouvert au sens profond de la vie, c'est là ce qu'il faut atteindre, pour ne pas se tromper de chemin.

Plus qu'un remerciement immédiat, la gratitude est une ouverture, une aptitude à autre chose qui insiste et dessine au fond de soi une marque. Laisse une empreinte. Développe cette application à la gratitude, au fil des mois et des années, tresse un lien avec une énergie de bonté et de bienfaisance, qui irrigue la vie, mais aussi avec l'humilité (remercier pour des choses apparemment infimes) et l'altruisme : on fait davantage attention à l'autre, par qui nous parvient une chose jugée positive. L'être ne se referme pas sur son ego, son « moi-je-personnellement-à-mon-avis-je-pense-que », sa petite personne. Prendre le bon chemin, c'est vouloir unir, rassembler, retrouver l'Un primordial.

Que sont nos soucis, sinon des pierres sur le chemin pour nous polir, user nos rugosités, rendre notre peau plus sensible aux autres ? Un peu comme les mémoires d'ordinateurs dont le composant de base, le silicium, doit être troublé par un grain d'impureté pour être efficient. De la même manière, l'huître ne forme sa perle que si un grain de sable la gêne et l'oblige à secréter des couches de nacre pour l'envelopper. Et s'il fallait apprendre à regarder les soucis et autres tracas comme des enseignements ponctuels, non comme des ennemis, mais des alliés de notre lent perfectionnement ?

On peut élargir cette illustration à la philosophie chinoise du yin et du yang, représentée par un cercle où le mouvement dessine une partition des deux énergies en vagues dynamiques, et où, dans chaque vague, se trouve un petit cercle de l'énergie opposée. Pour avancer, il faut enrayer la platitude et la contraindre à produire quelque chose qui fait que l'être surmonte, dépasse et devient du vivant qui progresse.

Exercice : faire chaque soir le bilan de ce qui a marqué sa journée, en positif, comme en négatif, et essayer de voir ce que l'on pourrait améliorer, dans sa relation à autrui, à une tâche, à une règle – que l'on aurait essayé d'ignorer ou de contourner.

5
Un autre regard

[Virginia Woolf perd sa mère le 5 mai 1895, elle a alors treize ans. Sa sœur Stella se fiance à Jack le 22 septembre 1896. Le lendemain, au petit jour, elle vient l'annoncer à ses sœurs, Virginia et à Vanessa.]

… et je chuchotai : « est-ce que maman le sait ? » et elle me dit tout bas : « Oui. »

Virginia Woolf, *Instants de vie.*

Il y a souvent des portails aux cimetières, mais il n'y a pas l'épaisseur d'une porte entre les morts et les vivants. Avec sa délicatesse pudique, la question de Virginia à sa sœur Stella lève le voile de soie qui semblerait séparer les morts des vivants – et Stella, si poreuse aux « autres voix », n'a pas une seconde d'hésitation avant de lui répondre par l'affirmative. Leur mère, morte près d'un an et demi plus tôt, savait. Elle était informée. On note, en passant, que la préoccupation de Virginia, alors âgée de quatorze ans, est de partager ce bonheur avec sa mère trop tôt disparue. Mais vivante ailleurs.

Dans l'ordre de la gratitude, le regard s'ouvre, développe son champ de perceptions, parce que l'intelligence interroge plus puissamment le réel.

Quelle est la réalité vraie – la référence absolue, celle que le grand mystique Rûmî nomme le « Soleil du réel » ? Sur quoi peut-on prendre appui, dans une existence où les êtres chers disparaissent brutalement ? La plus grande des questions est là, posée par une jeune adolescente inquiète, déjà, de traverser les apparences[1].

Et pour interroger le Réel, il faut des épreuves. Des haltes, des creux, des bosses, des arrêts. Et si « souffrir, c'est s'ouvrir[2] », c'est que la souffrance domine ce lieu où se déroulent nos actuelles vies terrestres, et que la souffrance modifie notre regard sur les événements, et nous permet d'apprendre, de comprendre parfois, de connaître sûrement.

Une petite information sur les signes symboliques utilisés par les alchimistes et les astrologues, pour représenter la Terre : un cercle surmonté d'une croix. La plénitude, le cercle, est soumise à la croix qui symbolise les divers efforts et souffrances que nous impose le croisement de l'espace et du temps.

---

1. *La Traversée des apparences* étant la traduction en français de *Voyage Out*, premier roman de Virginia Woolf paru en 1915.
2. *Une mémoire de santal*, livre de l'auteure.

Or Vénus, planète du bonheur, du plaisir éphémère et du bien-être, est représentée par l'inversion de ce signe : le cercle surmonte la croix, c'est dire que le bonheur efface, grâce au bien-être et au plaisir, le déchirement des distances qu'instaurent l'espace et le temps. La Terre est ainsi le lieu où apprentissage et connaissance se font à travers les chocs de la souffrance, comme le dit si bien ce petit quatrain de Musset :

L'homme est un apprenti
La douleur est son maître
Et nul ne se connaît
Qui n'a jamais souffert.

Il ne s'agit pas de légitimer les violences obscènes ni les souffrances volontairement infligées, mais de comprendre le sens de ce qui arrive à notre vie, à travers les bonheurs, les douceurs, donc les gratitudes immédiates, mais aussi les blessures, les chocs, les épreuves, ces faits dont nous ne reconnaissons qu'a posteriori l'appartenance à un espace de bienfait et pour lesquels nous serons amenés à éprouver de la gratitude.

Ce qui arrive à notre corps strictement physique et psychique, soumis aux causes et aux effets terrestres, doit développer en nous un combat pour le droit et la justice, comme persévérance, force d'âme. Mais il nous faut rester vigilant à l'impact de ces faits sur notre façon d'être au monde et attentif à ce qui pourrait nous être demandé de surmonter pour l'enrichir et lui faire lire notre vie autrement.

J'en reviens à Virginia Woolf, qui analyse avec une acuité intense les choses de la vie, après la mort de son frère Thoby, avec qui elle avait une relation forte. « Je raisonnais ou imaginais que si la vie ruait et donnait ainsi des coups de pied, c'était en tout cas la vie authentique. Personne ne pouvait dire qu'on m'avait refilé un morceau sans valeur de la précieuse matière. Ainsi j'en vins à voir dans la vie une chose d'une extrême réalité. Et cela, bien entendu, renforça le sentiment que j'avais de ma propre importance. Non pas par rapport aux êtres humains : par rapport à la force qui m'avait suffisamment respectée pour me faire sentir ce qui était réel[1]. »

Ce texte est essentiel et fondateur pour ma démarche de chercheuse. On remarque que Virginia

1. *Instants de vie*, p. 165.

Woolf évoque une force, à tout le moins une énergie supérieure, qui respecte l'être humain et lui adresse une leçon personnelle, pour lui faire éprouver le réel. Pour lui faire connaître une autre perception de la vie et du monde, lui permettre une autre analyse, et rejoindre ainsi une forme d'acceptation.

Gratitude qui commence à s'éveiller pour ce qui nous dér*ange* (souvenez-vous, la mémoire des *anges*), ce qui nous heurte ou nous blesse, qui nous regarde avec une extrême attention… Et là, mille réactions sont possibles face à un choc, une souffrance, une épreuve. L'accablement, par exemple, qui exige que nous le surmontions, au risque sinon de nous y enliser jusqu'à la dépression, ou encore de rejoindre le camp de la dureté, de la sensibilité blindée qui ferme à tout enseignement offert par le verbe vivre. Une forme de mort, de stérilisation de l'être.

Il reste d'autres attitudes. L'indifférence qui fait passer à côté du sens de la vie et exister comme un tube digestif, ou une cervelle dans le formol. Mais il y a aussi les mots, que ce soit l'humour de Françoise Sagan – « La mort, nous faire un coup pareil. Ce n'est pas bien, ça ne se fait pas » – ou les paroles pleines d'espoir de France Gall qui, après la mort de Michel Berger et celle de leur fille, Pauline (et après cinq années de retraite au Sénégal), tenait ces propos si lumineux de reconnaissance : « C'est ça qui nous fait avancer… ces choses qu'on nous donne à surmonter. Ce n'est pas le bonheur. »

Libre à chacun de s'interroger sur ce « on » discret et pourtant si présent, vers qui vont la plupart des sentiments de gratitude.

Il est vrai que dans le bonheur il n'y a rien à comprendre – c'est si bon et reposant que cela se passe de légitimation et de démonstration ; tant vivent comme s'il nous était dû. Et ne le remarquent même pas. « On était heureux, on ne le savait pas. » « On reconnaît le bonheur au bruit qu'il fait en partant. »

Au-delà des apparences, Virginia Woolf cherche la raison dans le déraisonnable, l'inconcevable dans une conscience durement éprouvée. Elle a perdu sa mère en 1895, sa sœur Stella en 1897, puis son frère Thoby en 1906. La connaissance de soi est un travail à plein temps, on le sait. Et avant d'être capable d'en traverser les épaisseurs et autres opacités, Virginia Woolf s'implique dans la conscience d'être, concernée par ce réel qui la désarçonne, qui veut lui montrer un autre chemin, celui d'une vie plus profonde, d'un « surréel » qui l'avait effleurée depuis des années, déjà, et dont nous avons la trace très surprenante dans son *Journal*, dans sa correspondance magnifique avec Vita Sackville-West, et même dans ses romans – notamment dans *Orlando*.

À onze ans, Virginia écrit un petit texte que sa mère décide d'adresser pour publication au *Hyde Park Gate News*. Trente années plus tard, Virginia se souvient : « Il s'agissait d'âmes qui volaient en cercles pour fixer leur choix sur un corps où s'incarner[1]. » N'est-ce pas là une idée d'un niveau métaphysique rare pour une enfant de onze ans ? « C'était vraiment plein d'imagination », écrit-elle en citant sa mère. Ce mot, « imagination », nous renvoie à Henry Corbin, le grand philosophe spécialiste du soufisme persan, et à son livre *L'Imagination créatrice dans le soufisme d'Ibn Arabi*, alors que nous sommes face à l'expression d'une connaissance « inventée » – au sens latin de *invenire*, « trouver » – par une fillette. Parce que la souffrance est inacceptable pour une très jeune conscience et peut la plonger dans une sidération paralysante, il restait à cette âme puissante assez de gratitude pour transformer le déchirement existentiel en beauté et en lumière. La beauté même ne cesse de

1. *Ibid.*, p. 128.

nous exprimer, partout où elle se révèle, que la vie n'est pas chaotique, que notre monde suit un plan, n'est en rien privé d'une profonde intentionnalité. Elle offre de rejoindre cette Présence absolue par un lien à une forme de transcendance. Ce faisant, la jeune Virginia Stephen rencontre avec son intelligence une structure cosmique qui lui permet de vivre et d'être gratifiée par le Réel.

Au fil des pages, Virginia Woolf évoque des instants sauvés par sa mémoire (pour son neveu Julian), en rappelant à elle les souvenirs de son adolescence et de sa jeunesse, elle retrouve les manques et les absences (de la mère, de la sœur, du frère), et elle reconnaît la fécondité de la souffrance, de cet état intérieur qui nous contraint à la descente vers l'intime de notre moi profond.

Est-ce à dire que nous devons apprendre à lire les faits autrement ? Que nous devons, chacun selon nos modes de connaissance, de connexion avec les signes lisibles d'une Réalité organisée, en appréhender le sens et l'enseignement ? Il suffit de relire cette fine réflexion de Virginia Woolf : « Personne ne pouvait dire qu'on m'avait refilé un morceau sans valeur de la précieuse matière. »

Quelque chose de secouant, de blessant, de douloureux nous éveille ou nous réveille, nous met en alerte, nous fait prendre conscience de la valeur de la vie réelle. Pour l'âme, infiniment dense et lumineuse, c'est tellement précieux, que c'en est sans prix.

Il faut donc changer de regard sur le déroulement des faits de notre vie. Alors la gratitude prend toute sa place.

Ces événements, que Virginia Woolf nomme les chocs, ne nous arrivent pas pour nous faire du mal, mais pour nous apprendre quelque chose. Il y a là, sans conteste, un changement de regard, d'appréciation sur la source des faits. Cela ne parle pas qu'au monde émotionnel, ou purement intellectuel, mais bien à l'ensemble de notre être, à notre façon de penser, de saisir des bribes de ce fameux Réel qui déborde notre appréhension habituelle de l'existence.

Pour saisir et comprendre, il nous faut développer d'autres outils de perception, donc d'autres qualités : l'attention, l'observation, l'analyse, puis la réception d'une autre résonance, la mise en pratique persévérante d'une qualité, d'une vertu que l'on choisit en fonction de la connaissance de ses défauts. Prenons un exemple simple : si j'ai tendance à être désordonnée, à laisser mes clefs ou mes lunettes n'importe où, je déciderai de m'imposer ordre et discipline, et de laisser toujours clefs et lunettes à une place assignée. Il s'agit ensuite de développer cette qualité sur d'autres plans : discipline, lutte contre la procrastination. Je choisis d'emblée, pour ne pas désespérer la paroisse (ou Billancourt, au choix) de donner un exemple facile. Plus on avance, plus les exercices sont difficiles. Il faut savoir si l'on veut avancer ou non.

J'ai parlé de développer d'autres outils de perception : il y a le détachement, qui demande beaucoup de travail sur soi, mais aussi le renoncement, plus exigeant encore. Alors le rideau se lève peu à peu, on constate que certaines choses s'améliorent, que nos perceptions se révèlent plus fluides et plus fines. Que l'on comprend mieux ce qui nous arrive, que les faits de la vie deviennent plus lisibles, et qu'en prenant sens ils sont mieux acceptés.

Se passe alors une transformation déterminante : on ne vit plus les événements difficiles comme des faits négatifs déconnectés mais dans leur enchaînement, leur enseignement de ce quelque chose qui jusque-là nous échappait. Notre champ perceptionnel s'est élargi, on perçoit mieux la causalité, le mécanisme action-réaction, qui ont à voir avec la rétribution de notre propre manière d'être au monde.

On n'est plus soi-même dans la réaction-réflexe, mais dans la relation à la chose, au choc, à l'épreuve. Il faut être prudent avec ce mot et rester modeste dans son emploi. Ne jamais perdre de vue la relativité : apprendre que l'on a une grave maladie est une épreuve, une fuite d'eau ou une crevaison sont des contrariétés. Un peu de distance avec les cailloux permet de mieux mesurer le poids des pierres…

Tout vient de nous.

De ce que nous sommes et devenons.

Tout s'inscrit dans notre dialogue avec la vie. Quelle relation avec le monde et la vie apprend-on à développer ?

Lorsque le généreux professeur de spiritualité me répond « Vous avez la joie ? Vous avez tout », il m'oblige à changer de regard, de niveau. Si la joie est tout, il faut alors s'interroger sur ce petit mot, source et estuaire.

Étymologie du mot joie. Du latin *gaudia*, pris comme féminin singulier. Si « joyeuseté » s'aventure dans la langue vers 1295, le bel adjectif « joyeux » n'arrive que vers 1500. Une amie qui s'était éprise de sémantique et un peu d'étymologie fait dériver Dieu de *gaudium*, la joie pourrait ainsi être le lien aux énergies divines. (L'humour de la situation, c'est que l'amie en question est plus athée qu'un caillou – et encore, je vexe à l'instant non seulement beaucoup de cailloux, mais tout le monde minéral.) Ce n'est pas à passer sous silence, et je souhaite aux merveilleux lecteurs et lectrices de réfléchir longtemps à cette étymologie.

Dans le champ sémantique de la « joie », on cueille *joug* – qui éprouve, courbe la nuque –, le sens de l'effort qui relie et attache au but désiré, et de fil en aiguille, *yoga* (l'union des forces solaire et lunaire).

Dans l'enthousiasme à constater que l'on progresse, il y a bel et bien un sentiment de *jubilation*. Qu'y a-t-il de commun entre le *joug* auquel se rattachent les notions de contrainte, de chaîne, de sujétion sinon d'assujettissement à l'effort, et le *jeu* ? Que signifie une remise en question dans la manière d'appréhender les chocs de la vie, entre *jubiler* et un *jonc,* ou le charmant adjectif *joli* ? Foin des racines latines, un peu minces, il nous faut remonter plus loin : une racine de l'indo-européen nous donne *jog* – prononcer « yog » – pour dire le lien, ce qui appuie et unit, et a débouché sur *yoga*. Le *joug* doit maintenir dans l'union et l'effort, mais être assez souple pour *jouer*, avoir l'espace du *jeu* qui signifie « liberté de mouvement ». N'ai-je pas dit aussi qu'il s'agissait d'unir – de joindre, faire se rejoindre : le yoga unit en nous les forces physiques et spirituelles, et nous unit au divin.

Ce qui joint, c'est d'abord le *jonc*, qui donnera la jonchée de fleurs coupées répandues pour une fête, païenne ou religieuse ; ce qui est religieux relie l'acte à son symbole, c'est un reste, une relique (*religiosus*) du divin parmi les hommes.

Reste cette diablesse de *jubilation*, qui ne me quitte pas, dit-on, à sémantiquer comme on mastique des sèves jaillissantes.

Jubiler, racine : *yu* viendrait du latin *jubilare*, pousser des cris de joie – la souveraine – ou faire la fête, en un silence qui illumine néanmoins le visage, ou en donnant à sa joie plus d'expression sonore. D'ailleurs, le *jubilé*, de notre latin ecclésiastique *jubilaeus*, viendrait d'une gaieté (*laetitia*), reliée à un ordre spirituel (*jub-*), à l'ordre reçu magnifiquement exécuté par quiconque veut progresser… Ou bien de l'hébreu *yôbel*, « corne pour annoncer la fête » – les trompettes de la joie ne sont jamais loin de Jéricho.

Et *joli*, me direz-vous ? Il vient gaiement de la racine scandinave *jôl*, qui renvoie à une fête païenne qui égayait le cœur de l'hiver – une sorte de gai carnaval. Les a-t-on toutes gravies, ces marches de racines et d'étymons ? Il en reste une, superbe, *jucher*. Même racine, *juc*, dérivée de *jog*, qui devient *joc* en francique, puis *juk*, qui signifie perchoir. Pourquoi perchoir ? Parce que les pique-bœufs, ces oiseaux échassiers qui aiment à vous chercher les poux sur la tête, ont dû se plaire à se percher… sur le joug des animaux de trait ! Et nous, sur le perchoir de notre attention, afin de devenir meilleurs et débordants de gratitude.

La fête est partie de joug, qui asservit les buffles que nous sommes parfois… (Je suis sûre qu'il ne vous a pas échappé qu'avec ces liens subtils, réels ou rapprochés, nous créons la jubilation indispensable à nos vies.) L'épanouissement de nos vertus les plus hautes ne se fait pas que dans le facile bonheur – vive le joug qui promet la joie. Il ne s'agit pas de se soumettre, mais de s'appliquer, de s'efforcer, de développer les vertus endormies. Et par notre désir vigilant, notre propre volonté de perfectionnement.

Religiosus, disais-je plus haut… Actuellement, le fait religieux a mauvaise presse – et pour cause, les actes de terrorisme, le manque de tolérance et de respect, les principes républicains bafoués, n'attirent pas la sympathie. J'espère pour lui que Malraux a dit « le XXIe

siècle sera spirituel ou ne sera pas », et non pas « religieux », ce qui eût été sinistrement étroit. Au nom de certaines mauvaises pratiques religieuses, nous constatons que le vulgaire et l'ostentatoire tiennent le haut du pavé, sans qu'aucune distance, aucune sagesse ne veuillent bien se manifester – ce qui semblerait pourtant de première évidence à tout péquin pourvu d'une conscience un peu plus ouverte qu'un pois chiche.

Pour le prétendu religieux, de quelque couleur fanatique que ce soit, crimes spontanés, violences opportunistes, attentats, haine à tout crin et manque d'ouverture d'esprit sont manières d'agir en accord avec le Dieu qu'il s'est inventé pour donner légitimité à ses outrances et autres horreurs sanguinaires. Pour conserver son rang d'ignominie et de folie assassine, l'Inquisition n'a qu'à bien se tenir.

Certes, le phénomène religieux dévoyé, abîmé, mal compris, encombre de malfaisance et d'arriération mentale nos sociétés contemporaines, si souvent démocratiques donc vulnérables – est-ce une raison pour jeter le bébé avec l'eau sale des préjugés et autres fallacieuses interprétations ? Quel bébé ? Le sacré le plus laïc qui soit, celui du respect d'autrui et des valeurs éthiques, de la vérité spirituelle, de la liberté d'être en chemin vers la lumière.

Le sacré est ce qui est au fond de nous, choyé, rendu vivant et actif par notre vie intérieure, un espace où l'on se rend plusieurs fois par jour, par nécessité ou par besoin de se fortifier. Il est cet espace intime et gardé secret, protégé, où la vie vraie règne, rayonne, sans bassesse. C'est aussi un degré de conscience plus aigu que les actes sociaux du quotidien, qui écartent trop souvent ce retour de notre attention au moi profond.

Me vient immédiatement à l'esprit cette habitude des familles chrétiennes, catholiques ou protestantes, qui disent le bénédicité avant chaque repas, pour remercier la générosité divine qu'un repas soit là, ce qui est une manière de développer sa conscience du manque et de la pauvreté qui échoient à certains, et de ne pas être indifférent à cette grâce, à ne pas la considérer comme due. Expression évidente de haute considération pour ce bien, le pain quotidien, et de la gratitude qui en découle.

Le sacré règne dans l'amour, l'amitié, la générosité, la noblesse d'âme, l'écoute, la grâce, toute cette beauté me vient un peu en vrac, sans ordre de prééminence : cela ne se construit pas sans donner de temps, à soi comme aux autres. C'est d'autant plus sacré, pour qui a gardé en soi une place pour la pensée, le silence intime. Comme on garde de la place pour un amour, tenu au silence.

Nous sommes loin de la violence banalisée, des jeux sur écrans, de l'enfermement, de l'égocentrisme, de l'égoïsme, du profit, de l'âpreté, de l'avidité et autres laisser-aller qui font les préoccupations excessives de nombre d'entre nous. Et abîment l'âme.

Parmi les beautés intimes énumérées au nom du sacré, l'une règne, les irrigue toutes. Une valeur ? Une discipline ? Une richesse, que l'on ne peut placer qu'au plus haut : la gratitude. Cette vertu éminemment spirituelle devrait irriguer le monde religieux, et on constate avec effarement qu'elle en est piétinée, dans nos temps troublés.

Elle naît d'un point de conscience que l'on n'est pas grand-chose, à l'échelle des galaxies, et que l'on reçoit chaque jour beaucoup. Au cœur de l'être humain, c'est une inestimable richesse, une bonté envers les autres et envers soi-même, c'est une manière élégante, sans arrogance, sans mièvrerie, de dire merci à la vie. En outre, avec sa mise en application au quotidien, quelle merveilleuse pratique de l'humilité.

Je me souviens d'une émission télévisé portant sur la façon de mener des débats en société sans blesser une communauté religieuse – le débat demande doigté, respect d'autrui et de son temps de parole, et si le modérateur n'est pas ferme et vigilant, on tombe vite, notamment en France, dans l'agressivité, la violence verbale, l'arrogance, le besoin de se mettre en valeur au lieu de tenter d'apporter un peu de réflexion enrichissante.

À un moment, l'un des invités avait pris la parole pour tenter d'endiguer l'agressivité verbale d'une chercheuse à l'arrogance contre-productive. Il avait dit – et c'était rafraîchissant, au milieu de la tension générale – qu'il était plein de gratitude pour la France qui l'avait accueilli, avec sa famille, ou ce qu'il en restait, rescapée d'Auschwitz, lui avait permis de faire des études, de passer l'agrégation, de devenir ce qu'il était devenu. Il y avait dans ses paroles du respect pour ce sacré parfaitement laïc, qui était la conscience d'avoir beaucoup reçu, que ce qui avait d'abord été un exil pour les siens était devenu pour lui un bienfait. L'expression de cette gratitude rendait l'âme de cet homme lumineuse et claire comme un printemps. Et je pense que beaucoup ont ressenti du bien à cette parole.

Dans le fait d'exprimer sa reconnaissance, il y a du bonheur, pour chacun. Et face à lui, qu'il était triste d'entendre cette femme hargneuse marteler: «Je pense ce que je veux de la France, c'est mon pays, je la traite comme je veux.»

Prendre peu à peu conscience des bénédictions, des bienfaits qui enchantent notre vie, voilà qui rend joyeux – relié, étymologiquement – et débordant de reconnaissance.

«Tout ce qui est réel n'est pas voyant», rappelle Régis Debray[1] – évidence. Mais il peut devenir visible. Le plus réel qui soit est la vie intérieure, là où vit l'âme, et non l'apparence, aussi tapageuse soit-elle, voiture de luxe et autres clignotants sociaux, surface choisie pour se donner à voir. À remarquer, à envier. Pour faire croire que l'on est à distinguer, parce qu'on serait meilleur que les autres, on prône le retour à un accoutrement obsolète qui se voudrait légitimation.

Vous l'aurez compris: je donnerais tous les comptes en banque frelatés des gens de pouvoir pour

---

1. In *Éloge des frontières*, Gallimard, 2010.

le poème pur d'une Marie Noël, la prière de joie d'une Etty Hillesum à deux pas de la chambre à gaz ou d'une Edith Stein priant, dans la nuit du monde, qu'on lui accorde de porter une part des souffrances du Christ.

Exercice : dans la journée, chaque fois que nous avons le réflexe de porter un jugement sur un fait, une situation, une attitude – de quelqu'un dans la rue ou d'une personne publiquement mise en lumière par les médias – s'obliger à regarder l'événement d'une autre manière, ou d'un autre point de vue – pour tenter de poser dessus un regard de gratitude.

6
Réaliser une vie profonde

Ceux qui cherchent à obtenir beaucoup des autres donnent en fait rarement beaucoup aux autres.
Melanie Klein

Tout ce qui précède nous a mené à une vie approfondie, pleinement éveillée. La gratitude ne cherche pas à obtenir : elle s'enchante de recevoir, d'apprendre, de trouver bon, et elle implique un acte de remerciement, au sens le plus ouvert et le plus vaste. On l'a vu : la gratitude appartient à la puissance de la douceur. Elle se nourrit de silence, d'intériorisation, n'attend rien même si elle s'accorde de croire à un monde de bonté, d'espérance, où l'on peut faire confiance et aimer l'heure qui va. Et elle dure, et résiste à toute forme d'usure ou d'amoindrissement.

On a vu que, sœur de l'humilité et de la joie, elle est reine en son royaume de grâce et d'acceptation. L'acceptation n'est pas la résignation : là où *accepter* peut devenir joyeux, *se résigner* est triste. Il baisse les bras. *Accepter* les ouvre : c'est dire oui à sa part, de joie ou de tristesse. Cette prédisposition à se réjouir de peu, à avoir l'humilité de penser que rien ne nous est dû, ouvre la porte de l'acceptation : pourquoi serais-je épargnée du poids de souffrir ?

Que l'on se souvienne de la prière somptueuse d'Edith Stein, revenue à Breslau et allant prier dans une église – un lent foudroiement l'a menée à se convertir au catholicisme – et priant Dieu, par l'intercession de Jésus, qu'Il lui accorde de partager Ses souffrances à travers les épreuves majeures qui accablaient l'humanité de confession juive. Quelques jours plus tard, se relevant à peine de son agenouillement, elle avait senti qu'elle avait été exaucée immédiatement. En effet, Edith sera recherchée par les nazis, qui forceront les portes du couvent des Carmélites où elle se trouvait avec sa sœur Rose, et elles seront déportées et assassinées à Auschwitz dès leur arrivée le 9 août 1942.

Nous avons vu que le changement de regard sur les événements est une étape essentielle de l'accès au vrai : rappelez-vous le sage soufi et son questionnement itératif : « Qui vous dit que c'est un bonheur ? Qui vous dit que c'est un malheur ? »

Il s'agit donc d'apprendre à voir, à connaître, à reconnaître, parce que la reconnaissance n'est pas automatique, ce n'est pas une évidence. Le préfixe « re- » souligne qu'il faut y revenir, être attentif, remarquer, puis intérioriser. C'est le fruit d'une longue patience, qui développe, avec le sens de l'acceptation, la capacité à l'humilité véritable devant l'évolution des faits. Une vérité s'impose : les faits ne sont pas lisibles dans l'immédiateté, et peuvent parfaitement signifier le contraire d'un trop prompt jugement. Ce qui éclaire le titre de ce chapitre, « Réaliser une vie profonde ».

Il y a une vingtaine d'années, j'avais à faire face à une douloureuse traversée du désert, dans ma vie d'écrivaine publiée. J'avais été lâchée, trahie. Une amie s'étonna de mon découragement et me fit remarquer que ma volonté et la qualité de mon travail n'étaient pas seules en cause, et que j'avais à me battre dans une époque étriquée, où le goût de la réussite matérielle et l'inculture tenaient le haut du pavé. (Ne vous affligez pas, c'était au siècle dernier. Cela n'a plus cours dans notre monde merveilleux...) Et elle ajouta, dans un clin d'œil : « Quand on écrit la poésie qui est la tienne, on doit remercier. L'exigence intérieure se heurte souvent à l'opposition des paresses de tout acabit. Et sois réaliste : de nos jours, il est plus facile d'intéresser les gens par une offre sur le prix du caviar que par la poésie. Te souviens-tu de cette interview lors de laquelle un journaliste t'avait demandé : "La poésie, ça sert à quoi ?" »

Interpellation nette : j'ai alors regardé autrement ce qui m'arrivait. Cela demande un effort de rectification chaque fois qu'une difficulté se présente. Bien sûr, nous préférons la facilité, l'aisance, ce que nous appelons le bonheur… Mais si le bonheur, c'était changer de regard, justement, s'efforcer de surmonter, se vaincre, opter pour le chemin semé d'embûches ? Si le bonheur était l'acceptation d'une vie, certes plus difficile, mais qui permettrait d'avancer, intensément attachée à la connaissance de soi et des énergies supérieures ? Se souvenir des mots de Rilke : « Dieu se moque de nos œuvres. Il veut voir advenir l'œuvre intime, nous voir devenir meilleurs. »

Il y avait des obstacles, mais le malheur et la malchance (écoutez la si puissante pensée de Camus : « Il y a de la malchance à ne pas être aimé, il y a du malheur à ne pas aimer ») n'auraient jamais raison contre la beauté. Il fallait remercier pour tous les foudroiements qui s'imposaient dans l'écriture, qui tenaient l'âme à l'écart de toute facilité et participaient involontairement de l'obstacle.

Il me fallait ressentir au plus profond qu'autre chose présidait aux événements. Et un conseil tiré d'un de mes poèmes me revint en mémoire : « Ne t'empresse pas de nommer, ressens. » Ressentir, m'obliger à descendre dans mon moi intime, réfléchir à ce qu'un refus pouvait comporter d'opportunités, de chances de s'améliorer.

Les obstacles ne mènent pas à l'épuisement, si nous lâchons prise – ce à quoi prédispose la gratitude –, mais à d'autres forces, à une plus grande fermeté dans la détermination. Et puis il y a des paliers... Le bien-être de se sentir redevable d'une seconde de douceur ! La grâce d'un sourire, le bonheur d'une surprise si totalement inattendue : en pleine bataille administrative pour changer de directrice de thèse (qui n'avait pas lu une ligne de l'œuvre de Rilke, ni sur la vie de ce poète que j'étudiais !), à deux doigts de perdre espoir, je reçois une lettre d'Elie Wiesel, me remerciant chaleureusement pour un article que j'avais consacré à son dernier livre. Lumière réconfortante au milieu de ces jours si sombres et tourmentés.

Là, il faut se répéter et mettre en pratique les mots de Jean-Claude Ameisen, l'actuel président du Conseil consultatif national d'éthique, qui résonnent avec générosité en nous appelant à un peu de recul et au travail sur nos réflexes hâtifs de pensée: « Il faut avoir l'humilité de ne pas se réduire à ce que l'on a compris. » On goûtera l'oxymore raffiné… Profondeur, vous dis-je.

Du combat que l'on pense perdu à la bataille remportée, on s'éveille à l'infime, aux petites alertes qui sont là pour faire signe et développer par touches la connaissance de soi. Et plus on avance, plus il nous est demandé de faire des efforts sur nous-même. Rien de ce qui nous arrive ne nous est purement extérieur, rien n'est en dehors d'une intelligence immense et mystérieuse de notre vie.

Petit exemple: une conductrice me fait une queue de poisson pour prendre une place de parking que je ne convoitais même pas. Elle me double brutalement et se jette sur la place en faisant crisser les pneus – c'était un endroit en terre battue, poussiéreux, le véhicule dérape légèrement –, manœuvre violente qui m'oblige à piler net. Par bonheur, le siège bébé à l'arrière de la voiture est vide ce jour-là. Je décide d'affronter tout à la fois la désinvolture, l'arrogance et la bêtise irrespectueuse d'autrui, c'est beaucoup. Je me gare vite et, prenant mon courage à deux mains, je marche rapidement jusqu'à la conductrice qui est toujours dans sa voiture. Très poliment, très aimablement, sans élever la voix, je lui demande si elle s'est rendu compte de la dangerosité de son geste. Elle est stupéfaite par mon calme, le fait que je me maîtrise et n'ai pas cédé à une colère légitime. « Non, pas vraiment », me dit-elle.

Sur le même ton, je lui réponds qu'elle est peut-être de mauvaise foi, que ce n'est pas grave, mais qu'elle devrait prendre conscience qu'elle n'est pas seule sur la route, et que si j'avais eu un enfant sur le siège arrière, il serait probablement blessé à l'heure qu'il est.

« Je vous assure...

– Ne m'assurez de rien, je vous en prie, mais dorénavant faites attention. Vous voyez très bien ce que vous avez fait et ce que je veux vous dire, non ? »

Après un silence, elle me prie de l'excuser et ajoute : « Je pense que je ne le ferai plus. » Sa voix était empreinte d'un réel regret. J'éprouve de la gratitude pour cet échange apaisé qui a permis à une conductrice délibérément désinvolte d'être mise devant son attitude et de la regretter sans doute un peu.

Gratitude pour Selvarajan Yesudian, merveilleux professeur de yoga – entendez : de sagesse – qui m'a appris à respirer plutôt que de mettre une gifle au premier dangereux venu. La violence ne règle rien, jamais. Elle engendre une réponse identique et elle dédouane l'autre de toute réflexion sur son mauvais acte. Il ne s'agissait pas tant de faire remarquer un risque de danger à un conducteur inconséquent que d'apprendre à me maîtriser face à toute attitude de ce genre. Cet exercice m'a surtout permis de me rendre compte qu'au lieu de me laisser aller à l'emportement je pouvais faire un meilleur usage de la justesse de ma conviction et de mon désir de progresser. Et c'est bien au-dedans que j'avais trouvé le courage de m'imposer cet effort. En se fondant sur la confiance en la maîtrise de soi, on aboutit à un lien plus fort avec les énergies du bien.

En ayant changé de regard, on peut aborder les graves épreuves de l'existence avec une autre dimension intérieure. Il faut parfois toute une vie pour y parvenir, atteindre cette gratitude immense qui va alors porter le nom de reconnaissance – il faut la grande expérience des longues heures de souffrance intime. Une amie, J., parlait d'« épine dans le cœur », quand elle se réveillait la nuit et pensait à l'autisme de son petit-fils. (Oui, J., je pense si souvent à toi et à ton expression, depuis que tu as quitté notre Terre.) Un détail qui n'en est pas un : J. me confiait un soir, dans son jardin de Roquefort-les-Pins : « Depuis cette souffrance, quand l'épine me réveille, je prie… » L'épreuve l'avait fait renouer avec cette haute méditation spirituelle. Du bien était venu à son secours.

Un autre jour, nous rentrons d'un rendez-vous médical essentiel pour ma mère et Maman, guillerette, ravie de sa séance, sort de voiture sans faire attention au tapis de feuilles d'automne qui jonche le trottoir. Elle glisse, tombe lourdement, se fracture le haut du bras droit. On se résout, malgré le risque, à l'opération – pour laquelle j'interdis l'anesthésie générale afin de ne pas risquer de dégrader sa mémoire – et à la pose d'un « clou ». Quelques jours plus tard, l'infirmière à domicile se rend compte que sa saturation en oxygène n'est pas bonne et décide de renvoyer ma mère à l'hôpital. Et là, surprise, ce qui m'apparaissait comme une complication s'avère être une bénédiction : le jeune cardiologue très attentif qui prend Maman en charge aux urgences découvre qu'on lui administre depuis une année beaucoup trop d'hypotenseurs, (quatre !), que cela lui épuise les reins et fatigue son organisme.

Il réduit les médications de moitié, et la convalescence de Maman se poursuit alors sans encombre. Conclusion : sans ce bras opportunément fracturé, on n'aurait jamais découvert l'excès de prescription médicamenteuse. Maman a encore vécu huit ans après cette histoire…

Ce petit exemple pour montrer comment le développement de notre gratitude va parfois à l'inverse de notre jugement un peu myope et immédiat des faits. La profondeur demande d'accéder souverainement à nos vies.

Aborder les grandes épreuves ? Oui, il le faut.

Il y a sur ma table le beau livre d'Élisabeth de Fontenay, dont la lecture m'a si profondément bouleversée, *Gaspard de la nuit. Autobiographie de mon frère*. Elle écrit sur l'existence de son frère autiste alors âgé de quatre-vingts ans et tente de le dessiner, « mais sans parvenir à [le] représenter » dans ses grands décalages d'avec sa propre existence. La nuit signifie « la cécité d'un soi qui n'est pas devenu soi-même » et donc le décalage quotidien, si éprouvant, de vivre avec un frère dont le psychisme est privé de subjectivité et de sens de l'altérité. Elle interroge nombre d'événements de leurs vies où se sont levées en elle des émotions, de grandes interrogations sur cette vie limitée. Répondant aux questions d'Alain Finkielkraut sur France Culture, elle finit par exprimer sa reconnaissance – au sens le plus puissant – envers son frère. Sa pensée et sa parole lui rendent un rôle, mais même au-delà, lui reconnaissent, j'insiste, une importance majeure dans sa propre vie de philosophe : « Il a veillé sur moi. »

Plus encore qu'une gratitude, il s'agit d'une reconnaissance qui renomme les faits, rebaptise les actes et témoigne de l'accomplissement de ce frère différent. Là où d'aucuns voient l'œuvre absente dont, empêché, il n'a pu être l'auteur, elle affirme pour lui la réalisation de son frère. En écrivant sur la façon dont il lui a permis de creuser dans cet espace de privation d'être, Élisabeth de Fontenay rend hommage à son frère : en mettant en mots la protection qu'il a été pour elle, elle reconnaît un *sens* à son existence, dans la signification du *fatum*. Ce frère, que certains pensent privé de grandes réalisations, devient une sentinelle intime, qui aide sa sœur à devenir la philosophe que l'on sait. On retrouve, sous-jacente, l'expression de Virginia Woolf : « ce qui va ensemble » – le frère au psychisme déficient a sa place, comme *programmée*, dans le déroulement des existences du monde. Il n'est pas exclu, mais bien intégré au cœur du destin collectif. Comment ne pas alors s'émerveiller de lire qu'arrivée presque au terme d'une vie une conscience puisse faire un tel hommage à l'existence d'un être apparemment si vulnérable ?

D'autres grands destins ont eu à vivre des épreuves de cette dimension, et l'on ne peut oublier les mots magnifiques de Charles de Gaulle s'adressant à son épouse, à la mort de leur fille Anne, trisomique, qui s'est éteinte à vingt ans à peine : « Maintenant, elle est comme les autres. » Il dira par ailleurs, évoquant l'épreuve fondatrice que fut cette existence fragilisée d'une enfant privée d'accomplissement personnel, « Ç'a été la grâce de ma vie ». Cette phrase, humble, est une explosion lumineuse de reconnaissance dans la nuit. Elle fait de l'épreuve déchirante un phare, une puissance, une cause première qui vise un but, un espace de plus haute création de vie, de plus ample devenir : nos vies, sans ces échancrures, n'auraient-elles pas été plus pauvres, et limitées – donc amoindries ? Nous n'en aurions jamais rien su, me dira-t-on, mais la capacité à reconnaître la grâce dans l'aboutissement de ce qui est d'abord vécu comme un malheur souligne la transmutation intérieure, le sens profond que des faits contiennent et qu'il nous faut rendre réel et palpable.

Littéralement, rendre grâce pour l'épreuve, c'est la gratitude majeure d'une vie vraiment reliée à la puissance spirituelle. Reconnaître comme une « grâce » faite à notre existence le rôle de l'enfant diminué dans sa propre capacité à recevoir le monde, quelle hauteur dans l'amour absolu et la bénédiction. Comment oublier les mots de Goethe : « Dieu donne tout à ses élus, les tristesses infinies, les joies infinies » ?

Pour un regard superficiel, les deux exemples cités pourraient être réduits à des malheurs – ils ont en réalité été des sources de méditation orante et de travail intérieur, des ouvertures du cœur et des approfondissements pour l'intelligence. Et là encore, la leçon de vie qu'il nous faut en retenir est celle de l'authentique gratitude que tout ce qui nous advient peut nourrir l'âme.

Je me souviens d'une série d'émissions consacrées à Céleste Albaret[1] où, avec sa voix pétillante, fraîche et tout habitée d'une acuité et d'une pertinence rares, la magnifique soubrette de Marcel Proust exprime une gratitude sans limites pour ce que fut sa vie auprès du grand écrivain. Elle dira même : « J'ai eu la plus belle vie du monde », et ajoutera que jamais elle n'avait

1. Sur France Culture, en juillet 2019. Elle était la « domestique » de Proust, je voudrais plutôt dire la présence qui veilla sur lui.

pensé connaître un jour une existence si épanouie ni si accomplie.

Stupeur alors d'entendre une petite personne enfiévrée d'elle-même (je tairai son nom, on ne cite que quand on loue), arrogante et sans finesse, clamer d'une voix privée de densité (contrairement à celle de Céleste Albaret) des mots méprisants à l'égard de cette femme qui a partagé avec nous sa lumineuse gratitude : « Céleste n'a pas de vie, elle n'a que la vie de Proust. » Sottise que cette flagrante méconnaissance d'autrui, de ce qu'est la vie de chacun, de ce que nous faisons de ce qui nous advient, et bêtise étonnante que de réduire ainsi la vie d'un être. Quel manque d'intelligence du vibrant, quel mépris facile. (On pense soudain au mot de Chateaubriand : « Ne gaspillez pas votre mépris, le nombre des nécessiteux est grand. ») En l'occurrence, cette personne imbue d'elle-même devrait plutôt mettre en pratique ce proverbe que je n'aime pourtant guère, pour réduire un jour son mépris facile et sa sinistre arrogance : « Charité bien ordonnée commence par soi-même. »

Pour contrer cet exemple qui nie la joie d'aimer, j'en reviens à Élisabeth de Fontenay qui évoque le philosophe Emmanuel Levinas. En terminale, celui-ci découvre le judaïsme grâce à son professeur d'allemand, lui-même juif, et se lance, entre autres, dans la lecture de *Poésie et Vérité* de Goethe. Élisabeth de Fontenay, pour préciser ce qu'elle entend par l'éternité inscrite dans les mots, qui citent et nomment, parle de l'émerveillement de Levinas devant certaines pages de Goethe. En écrivant « il les a emportés dans son immortalité », elle témoigne de la reconnaissance de Levinas envers les poètes qu'il nomme. Si belle traduction de ce participe passé allemand, « *mitgenommen* »... En les citant, il rend grâce à la beauté des âmes, qu'il remercie de ce qu'elles ont été.

Comment ne pas conclure ce chapitre avec la gratitude que j'éprouve pour cette amie, J., citée plus haut et aujourd'hui disparue, dont le petit fils était atteint d'une sévère forme d'autisme ? Elle m'avait un jour invitée chez elle à la campagne, dans le Sud de la France, avec une autre amie très chère. Nous avions savouré un dîner délicieux, riche de rires et de partages émouvants, et c'est seulement au moment de les quitter que, par inadvertance, je laissai tomber le masque et qu'elle remarqua mon regard attristé. Politesse oblige, je n'avais rien dit de mes soucis, mais comme elle insistait, je lui en fis part. La malveillance intentionnelle, de quelqu'un qui m'avait été proche, et qui se révélait soudain malhonnête, indélicat et inconséquent jusqu'à l'irresponsabilité, risquait de me faire perdre ma maison. Je lui confiais dans un soupir découragé : « Parfois, je suis au bord du désespoir. »

Je n'oublierai jamais son geste : elle saisit le haut de ma robe d'été, planta son beau regard fervent dans le mien et me dit : « Je te l'interdis. Désespérer, c'est comme douter de la générosité de Dieu. De la vie. Ne désespère jamais, c'est une faute. » Revigorée par la fermeté des mots de mon amie, je décidai de prévenir mon avocate du litige qui me taraudait tant et un référé m'évita de finir à la rue avec mes enfants.

Gratitude pour cette leçon d'espérance d'une amie elle-même frappée au cœur par le destin de son petit-fils… Je n'ai jamais oublié cet instant, et y repenser me rend une force intacte, mieux : renouvelée.

Exercice : s'obliger, chaque fois que l'on se sent fatigué, découragé par une série de soucis violents, à se donner de la force en se confiant à l'espérance, ou à se dire un bout de poème. Ce vers de Saint-John Perse a été longtemps mon viatique : « Ils m'ont appelé l'Obscur et j'habitais l'éclat. »

7
Le sens de la chute

Tomber, c'est apprendre qu'on peut
se relever, et mieux : qu'on s'en relève.

Ces morts…
Des âmes que nous portons
Dans des espaces du cœur
Qui n'en finissent pas de nous éclore
O. A., *Cœur rhapsodie, cœur absolu*

Comprendre qu'avancer dans la gratitude nous permet d'apprendre que des faits apparemment négatifs sont riches d'enseignement et, plus encore, d'autres connaissances, inaperçues, c'est le fondement même de ma réflexion. Il faut laisser au temps son espace de réalisation.

Une expérience de lecture m'est une révélation : chaque fois qu'est lue en public une de mes nouvelles, par un comédien ou par moi-même, à la fin, au moment qu'il est convenu d'appeler la chute, des larmes de gratitude me submergent. Que ce soit *Retour au Pays*[1], *Le Noyau*[2], *Le Champ de Haricots*[3],

1. *1 bis, rue Abou-Nawas*, Elyzad, 2007.
2. *Le Noyau de Safou*, Albin Michel, 1987.
3. *Ibid.*

La Vitrine où courait un rire[1], c'est irrépressible. Il m'a fallu des années pour comprendre : chaque mot a racine dans mon âme, et j'y reconnais à la fois mon chemin et une grâce inspirée qui ne m'appartient pas.

Levinas, on l'a vu, pratiquait ce que les grands enseignants nomment « la gratitude pour les maîtres », celles et ceux qui ont su être des passeurs et passeuses de lumière, et qui peu à peu ont transmis à chacun de nous cet émerveillement, cette inspiration et cet enthousiasme qui ont su éveiller nos âmes d'instituteurs, de professeurs et de grands enseignants.

Il y a, dans la gratitude la plus consciente, une ouverture à l'émerveillement, cet immense bonheur qui nous comble par le simple fait de découvrir, d'accueillir et de recevoir. Le bonheur d'accepter d'être comblé.

Je découvre, lors d'une émission sur Arte, qu'au large de l'Afrique, un bateau aménagé en hôpital porte secours aux malades qui n'ont pas accès aux soins. Des médecins et des chirurgiens, des infirmières et des soignants bénévoles, viennent, selon

1. *Ibid.*

leurs possibilités, soigner et opérer les malades à bord. Cette découverte du bien en actions, de cette aide apportée à des êtres démunis me donne une bouffée de gratitude, une joie de savoir qu'enfin aussi on montre ce qui se passe de beau et de bon sur notre Terre : de bonnes volontés en mouvement.

Il y a une pierre fondatrice de la gratitude : se poser avec humilité comme un être qui reçoit, accueille, accepte. Et remercier la générosité de la vie qui ne cesse de nous donner. Contrairement à la cohorte des arrogants, des orgueilleux, des présomptueux, qui estiment que tout leur est dû et qu'une prétendue injustice du sort les maintiendrait dans l'ombre. Je me répète parce que j'estime qu'un essai véritable doit avancer comme un manuel qui transmet et souligne. Celui qui est doué pour la gratitude estime que tout est don, offrande, chance de remercier. Et on l'a vu, même les moments difficiles se révèlent porteurs de cette sublime bénédiction.

Mais qui remercier ? Depuis le début de cette étude, le mystère est là. La place royale de la pensée qui creuse sa réflexion et remonte à la source de toute lumière. Nous avançons doucement vers cette source…

Rien de plus opposé à la gratitude que la jalousie, l'envie, ces déviances de l'âme face à ce qui aurait pu être joyeusement vécu comme une émulation.

Les graves défauts (l'envie, la jalousie, l'avidité, le désir de pouvoir, le goût des rapports de force) ont déserté ces pages, par la force de la vertu étudiée, et se sont trouvés réduits à la portion congrue. La fatalité du Mal, sa perte, c'est une solide conscience du Bien (du très bon, du très savoureux *savoir*) comme référent absolu – comme on dit : un modèle. Cela protège de ces mauvais maîtres : la réflexion et la pensée sont d'ailleurs d'excellents anticorps.

Commençons par une prise de conscience : la première victime de la jalousie est le jaloux. Bien avant le jalousé. L'acidité de ce sentiment douloureusement négatif le ronge. Pire pour l'envieux, qui n'a jamais assez, qui n'est jamais comblé, ni même simplement satisfait de ce qu'il a. Parce qu'il ne cesse de se comparer à celui qui a davantage, dans l'ordre matériel ou social, cherche à y déceler une injustice, et à légitimer ainsi ses mauvais sentiments – d'âpreté, de rancœur, qui peut aller jusqu'à la haine et au besoin de se venger.

Cela provient aussi d'une surestimation de soi : au vu de ma valeur, je mérite davantage et ce que reçoit l'autre est une injustice… Triste philosophie. Il y a là quelque chose de doublement négatif : non seulement on est frustré de ne pas avoir comme l'autre, mais même si l'on a une bonne chose, on voudrait que l'autre ne l'ait pas. On passe ainsi de la jalousie à l'envie – et l'envieux (le Iago d'*Othello*) peut aller jusqu'au crime, directement ou en provoquant un geste fatal chez un autre.

Dans l'ordre de cette chute, il serait important de signaler le travail de la psychanalyste Melanie Klein qui, je l'ai dit au premier chapitre de cette réflexion, oppose l'envie à la gratitude. Elle se penche ainsi sur l'enfant qui tète le sein maternel, qui peut avoir envie à la fois de posséder l'objet-sein et de le blesser. L'envie de blessure, voire de destruction du sein, serait due au fait que le bébé sent sa vie dépendre de son apparition. Les humains qui n'évoluent pas et demeurent bloqués à ce stade, sur le plan psychique, détesteront toujours en partie les êtres qu'ils aiment, car ils sentiront que leur bonheur dépend de ce sentiment d'amour qui s'adresse à l'autre. Il existe dans l'esprit d'un bébé le fantasme d'un sein inépuisable – c'est là son désir le plus grand –, et l'on comprend de quelle façon s'installe l'envie si l'enfant est insuffisamment nourri. Il semble que, pour l'enfant, le sein qui le prive devienne mauvais, « comme s'il gardait pour son propre compte le lait, l'amour et les soins, qui se trouvent associés au bon sein. L'enfant se met à haïr et à envier ce sein avare et parcimonieux [...] comme si ce don (l'abondance) était inaccessible. »

D'où l'envie. Melanie Klein rapproche ensuite ce fait de la prime enfance à la « situation transférentielle » : « L'analyste vient de donner une interprétation ayant soulagé la détresse du patient qui, dès lors, reprend confiance. Certains patients [...] soumettent une telle interprétation à une critique destructive, et cessent aussitôt de la ressentir comme un don bénéfique et enrichissant[1]. »

Refuser le sentiment de gratitude au profit de l'envie destructrice, du besoin impérieux de se valoriser au détriment de la personne vers qui devrait aller notre reconnaissance, voilà qui souligne une faille de l'âme, une rance envie qui a viré à la rancune. « Le patient envieux n'accorde qu'à contrecœur à l'analyste le succès de son entreprise. » Elle souligne que le besoin de dévaloriser est l'expression même de l'envie, donc le contraire de la gratitude. Le patient

1. Melanie Klein, *Envie et gratitude, et autres essais* [1957], traduit de l'anglais par V. Smirnoff, avec la collaboration de S. Aghion et Marguerite Derrida, Gallimard, 1978, p. 22.

envieux ne peut donc bénéficier totalement du bienfait de l'interprétation, ce qui va générer chez lui un sentiment de culpabilité qui, probablement, ne fera qu'aigrir son tempérament et l'éloignera de la gratitude. Bref, nous n'allons pas poursuivre plus longtemps ces citations du travail psychanalytique de Melanie Klein, brillante et convaincante, pages auxquelles le lecteur pourra se reporter pour développer sa réflexion en la matière.

Choisir ses priorités, c'est ne pas se contenter d'exister, mais vivre. Opter pour la bonne direction. Rappelez-vous : « croire vivre, et ne faire qu'exister[1] », c'est une belle injonction qui se détache de ce constat affligeant que nous abandonnons trop vite l'effort qui mène à la joie.

Se retourner pour regarder sa vie et en reconnaître le parcours en soulignant une blessure majeure, renommer la chute en disant de sa fille « Elle fut la grâce de ma vie », pour le général de Gaulle, ou en disant de son frère « Il a veillé sur moi », pour Élisabeth de Fontenay, c'est avoir vécu assez en profondeur ce qui permet de transformer un malheur présumé en grâce,

1. *Croire vivre*, petit livre de l'auteure, éditions L'Amourier, illustrations d'André Marzuk.

et cette reconnaissance est bien plus que le bonheur, c'est une bénédiction, au sens le plus spirituel, c'est dire le vrai et le bien reconnus, c'est prononcer les mots lumineux de l'acceptation, plus encore : de la célébration. C'est au fond découvrir que ce qui était d'abord un malheur à porter, une souffrance à porter puis à dépasser, était en réalité le choix d'une énergie supérieure, un cadeau envoyé pour faire avancer notre être – un choc, comme l'écrit Virginia Woolf.

La gratitude qui s'est développée donne un autre regard, une autre perception, et elle offre à l'âme le don de transmutation du réel apparent en réalité vraie : la force de reconnaissance de la haute vérité que l'épreuve masquait par la souffrance. Il n'y a pas de hasard, ou pour le dire autrement, les choses ont un sens, longtemps caché, à un point de profondeur souvent insoupçonnée. Sous les oripeaux de ce que l'on prenait pour du malheur se cachait une harmonie exacte.

La véritable alchimie intime est là. Vivre, c'est passer d'un sentiment de gratitude – première étape – à une plénitude de la reconnaissance absolue – seconde étape.

Et l'expérience de cette transmutation peut se faire tant face à une petite mésaventure, une contrariété ou une lourde perte matérielle, qu'à l'épreuve d'un problème de santé, pour soi ou pour un proche. Le choc de l'adversité déstabilise jusqu'au point de la compréhension, de la lecture juste.

Lorsqu'on lit la correspondance qui tissa des liens si étroits entre Marie Noël et son père spirituel, l'abbé Mugnier, on découvre dans chaque lettre la gratitude de la poétesse, du simple « Recevez l'expression de ma profonde gratitude », ailleurs « de ma profonde reconnaissance », au « Je vous dois beaucoup de cette sagesse-là. Vous m'avez guérie de mon trop terrible idéal de pureté chrétienne ». Mais peut-être sa plus grande gratitude, qui s'adresse à tous ceux qui la lisent, est-elle enclose dans ces mots brûlants – à propos du beau livre d'Anna de Noailles, *L'Honneur de souffrir* : « Quelle lumière, dans certains gouffres. »

J'en viens au titre de ce chapitre, « Le sens de la chute ». Pourquoi tomber ? Parce que c'est en tombant que l'on apprend à se relever, parce que c'est en tombant que l'on combat le sentiment d'échec – sentiment qui n'est qu'un leurre – et parce que c'est en tombant que l'on puise dans l'une des trois vertus théologales, indispensable : l'espérance. Paul Valéry disait fort justement : « Il n'y a pas d'échec, il n'y a d'échec que de la volonté. » C'est-à-dire abandon des énergies de recommencer, de persévérer.

Il est une gratitude incroyable qui se révèle dans la confrontation avec une difficulté majeure, c'est celle qui nous vient de la découverte en nous de qualités que l'on ne soupçonnait pas. Menacée par un voyou ou une personne qui abuse de l'autorité qui lui a été confiée, une victime découvre sa capacité de résistance, sa dignité, son courage.

Pendant la révolution iranienne, nous vivons à Téhéran. Comme nous sommes au printemps et que cette belle journée est ensoleillée, je corrige quelques copies de mes élèves de Première du lycée Razi, bras nus, sur ma terrasse. De jeunes soldats, fusil à l'épaule, passent dans ma rue, Sarv Street. Ils s'arrêtent, me regardent d'un air sévère et essaient de m'intimider en tirant quelques rafales en l'air. Je perçois la manœuvre, je me lève, m'appuie à la balustrade du balcon et soutiens calmement leurs regards mauvais. Au bout d'un instant, ils passent leur chemin en maugréant – probablement des insultes – pour soulager leur impuissance à me faire peur – ce dont ils auraient été si contents. Intérieurement, sachant de quelles exactions ils avaient été capables à l'égard d'un jeune collègue quelques semaines auparavant[1], je tenais ma crainte en respect, et rien d'extérieur ne révélait l'accélération de mon rythme cardiaque. Sans cet instant suspendu, j'ignorais que j'en étais capable et que je pouvais me maîtriser pour ne pas leur accorder la méchante jouissance de faire peur.

On entre là dans la gratitude de la découverte, dans la reconnaissance, entre soi et soi-même, pour l'impalpable, l'enseveli ou simplement le méconnu, caché à nos yeux.

Il y a l'exemple de la « nuit de feu » de Blaise Pascal, dont il n'avait pas fait confidence à ses sœurs, Jacqueline et Gilberte. La nuit de feu est précédée d'un détachement du monde dont il s'est ouvert à Jacqueline, qui est alors entrée dans les ordres. Lui, qui longtemps avait fréquenté des libertins et des libres penseurs, accède à cette suprême distance qui est déjà une merveilleuse libération. Jacqueline lui écrit vertement : « Je m'étonne que Dieu vous ait fait cette grâce, car il me semble que vous aviez mérité en bien des manières d'être encore quelque temps importuné de

1. Au retour d'une soirée, il avait refusé l'éthylotest qu'exigeaient illégalement les intégristes et avait décidé de passer outre : les soldats l'avaient froidement abattu d'une balle dans le dos.

la senteur du bourbier que vous aviez embrassé avec tant d'empressement. » Face à cette sœur qui ne mâche pas ses mots, on comprend qu'il ait souhaité cacher les traces étincelantes de sa nuit divine.

C'est bien plus tard que l'on découvre le document cousu dans la doublure de sa veste. Le 23 novembre 1654, il reçoit la révélation mystique qui le pousse à « la renonciation de tout ce qui n'est pas Dieu » et écrit avec soin sur le document, preuve de la grâce qui lui est faite : « Joie, joie, joie, pleurs de joie. » Et à la fin du précieux document : « Certitude, certitude, joie, paix. » Je ne sais pas s'il est possible à un être sans recherche spirituelle de comprendre que le mot répété de *certitude*, ici, signifie la lumière, l'irradiation intérieure illuminant la substance opaque de l'humain ainsi visité, mais pour tenter de le faire partager, je voudrais rappeler que tous les grands mystiques disent que la certitude est le couronnement de l'âme acceptée. Et on imagine combien devait être immense la gratitude de Pascal, bouleversé dans tout son être, au point de transcrire et confier en introduction son état : « Joie, joie, joie, pleurs de joie. » Il voulait reconnaître et donner à reconnaître la grâce qu'il avait reçue, une fois qu'il ne serait plus. Testament de lumière.

Voici un autre exemple qui me tient à cœur, parce qu'il a changé mon regard sur la vie quand j'avais quatorze ans. Alors que l'on commémore le débarquement allié en Normandie, j'entends ma mère dire: «Cet instant-là est inoubliable quand on l'a vécu.»

Elle me raconte alors le souvenir qu'elle en garde. Bien que très jeune, elle faisait partie d'un réseau de Résistance. En apprenant la nouvelle du débarquement, elle entre dans le hall d'un grand hôtel, se précipite dans la cabine téléphonique et annonce la nouvelle à ses parents. Un nazillon l'entend, la traîne de force en dehors de l'hôtel, et exige le «*Heil Hitler*» qu'il estime incontournable. Ma mère refuse. Il la menace:

«Vous savez que je pourrais vous tuer pour ça.

– Vous pouvez tuer mon corps, mais vous n'aurez pas mon âme.»

Vexé, le nazillon se venge et lui assène, de haut en bas, un coup de crosse de mitraillette dans le dos.

Toute sa vie, Maman a souffert des vertèbres pincées par ce coup violent. Elle m'a dit un jour: «Que veux-tu, la dignité a un prix.» Ses mots et la force de l'affirmation de sa liberté ont scellé ma vie.

Exercice: pour soutenir l'estime de soi, s'appliquer à affronter des difficultés physiques – si on est un peu rouillé, descendre du tramway ou du bus une station plus tôt et marcher un peu plus – ou morales – ne pas donner son accord par lassitude ou paresse à un projet qui contrarie nos convictions profondes, tenir tête à quelqu'un qui tient des propos malveillants, ne pas faire chorus devant quelqu'un qui médit.

8
Place de la nostalgie

Tout ce qui fut empreint de démesure nous reste fidèle. Peut-être l'excès seul est-il à notre taille, au moins pendant le temps qui nous est fixé pour que nous nous sentions dûment étonnés, tentés, désireux et jeunes.

Colette, *Pour un herbier*

Tentons une approche sereine, même si la conscience peut se sentir bousculée par la vérité : sans souffrance, sans épreuves fortes, sans cette terrible densité d'être, point de vie. Point de création, surtout. Qui aime Mozart et son *Requiem*, ses concertos, ses opéras, qui aime Chopin, sa profondeur nostalgique, doit éprouver de la gratitude pour ce qui a amené ces grands créateurs à ces accomplissements majestueux par la musique. Cela s'appelle souffrir.

L'acte créateur transmue la souffrance en or. Pas en une richesse matérielle accaparée par un avare comme celui de Molière épris de sa cassette, mais en or impalpable, en grâce partagée, en extase renouvelée, en éternité. Ce qui relève du don et de l'âme ne meurt jamais, est toujours en lien avec autrui, donc en joie. Les créations qui nous aident à vivre, dans le domaine de l'art, la musique, la peinture, la littérature, demeurent à jamais des consolations autant que des émerveillements. Il faut non seulement accepter la souffrance qui permet ce mûrissement des énergies intérieures, mais remercier d'en être l'écrin. Ne sommes nous pas frappés d'entendre, durant les soirées de récompenses, les Molières, les César, les Victoires de la musique – entre autres –, combien les lauréats remercient implicitement les souffrances qui ont préparé en eux l'espace pour accueillir la joie ?

On peut continuer la belle énumération : Rachmaninov, Grieg, Beethoven, Bach, et tant d'autres. Les exemples foisonnent, la vie sur Terre n'est que cela, mais tout cela. Relire le petit poème de Musset…

Regardons le destin de Victor Hugo. Lors d'une promenade sur la Seine, l'embarcation de sa fille Léopoldine chavire à Villequier. Alors que son propre cousin et son oncle se noient presque immédiatement, Charles Vacquerie, l'époux de Léopoldine, veut la sauver – mais elle perd connaissance et sombre. L'histoire dit que Charles, excellent nageur, s'est laissé mourir pour n'être pas séparé d'elle. Ils étaient tout jeunes mariés.

Jusqu'à cette date, Hugo est un poète brillant, mais la perte de sa fille au milieu de sa propre vie le brise. « On m'apporte de la bière et un journal, *Le Siècle*. J'ai lu. C'est ainsi que j'ai appris que la moitié de ma vie et de mon cœur était morte. » L'affreuse nouvelle le terrasse, l'empêchant un temps d'écrire. Et puis il y aura ce si beau poème, « Demain dès l'aube… ».

Cette disparition violente et prématurée de sa fille le contraint à un saut immense dans l'absolu, et il devient alors l'incarnation de la poésie comme fleuve de vérité. Je voudrais citer mon amie Sophie El Goulli, historienne d'art tunisienne, qui me dit un jour : « La vie et l'œuvre de Hugo font penser que l'on a affaire à un patriarche de la Bible réincarné. » N'oublions pas ces mots si justes d'Aragon : « Ce qu'il faut de malheur pour la moindre chanson. »

Prenons un exemple dans la société et l'histoire du monde. La mafia n'est pas une gloire à porter à la boutonnière, mais l'avidité, le manque d'éthique, la paresse de voyous aux goûts de luxe, l'horrible appétit de profit que révèle cette organisation dominée par le crime ont vu se lever face à eux des exemples d'engagement, de courage, de volonté, de détermination, de morale, de justice. Pour voir la lumière, il nous faut la nuit.

Plus encore, les films qui retracent les histoires liées au mal. Ils sont souvent servis par des musiques sublimes : l'œuvre musicale de *La Liste de Schindler*, qui traduit à un degré rare la nostalgie spirituelle de l'humanité blessée par l'abjection nazie, les partitions qui accompagnent des films comme *Le Docteur Jivago*, *Lawrence d'Arabie*, *Le Parrain* sont pour beaucoup dans la réussite de ces films et sont des œuvres à part entière. La haine entre deux communautés à New York fait jaillir l'une des plus flamboyantes comédies musicales du XXe siècle, *West Side Story*. La musique qui accompagne la réalisation parachève l'espace dévolu à l'âme.

Si les plus belles œuvres sont faites d'une part non négligeable de souffrance, il s'agit d'en renaître, et d'en créer de la lumière. C'est ce que font tous les créateurs – pas tous les artistes, parce que tous les pratiquants d'un art ne sont pas des créateurs –, c'est-à-dire toutes celles et tous ceux qui sont capables de faire de cette nostalgie une énergie qui surmonte l'épreuve et permet de bâtir l'œuvre romanesque, spirituelle, poétique, philosophique, musicale, théâtrale, picturale qui apportera de l'aide à ceux qui viendront à elles. Gratitude du créateur pour la force qui le traverse et lui permet d'accomplir, gratitude de celles et ceux qui s'ouvriront et iront puiser dans ces œuvres une joie inépuisable – puisque les œuvres d'art perdurent bien après la mort de leur auteur.

Reconnaître le poids de la souffrance dans la destinée devrait nous amener à plus d'acceptation, à un autre regard sur les événements de l'existence, cela ne signifie pas qu'il faille devenir masochiste et la rechercher de toutes ses forces. L'acceptation doit être à l'œuvre dans les étapes les plus élevées de la gratitude, et c'est un travail quotidien sur soi. Ce travail enrichit si densément le voyage de la vie que l'on peut éprouver de la gratitude, une fois la conscience touchée, pour tout ce qui nous permet de nous relever et de franchir une étape.

On parle très justement de ce que l'on connaît d'expérience. Un jour, un collègue de la faculté qui avait une mentalité de prédateur et ne se retenait pas de passer la main dans le bas du dos des étudiantes en leur proposant de venir réfléchir à leur note de partiel dans son bureau, profita de mon absence de huit jours pour un voyage en Amérique latine (le secrétariat avait été dûment informé, et le remplacement des heures de cours manquées déjà programmées) pour me calomnier. Il trouva une oreille complaisante et je fus écartée du poste de professeure détachée, que j'occupais depuis deux ans, ce qui permit, comme par hasard, à son épouse de profiter d'heures supplémentaires.

Choquée, j'entrai en résistance. Immense surprise, des étudiants firent circuler des pétitions. En vain ? Non, cela me donna du courage, je tins bon durant deux mois contre des faux et usages de faux de l'administration générale. Je découvris la lâcheté trafiqueuse de ce collègue, vendant son âme au diable (ou ce qui lui restait, rabougri, de conscience), à l'occasion d'une convocation de ladite administration générale, qui voulut jouer l'intimidation. Stupéfaite par ce montage de fausses déclarations, je mis au jour le pot-aux-roses et dénonçai fermement le procédé, preuves à l'appui. « On vérifiera », m'affirma-t-on. Fausseté encore. Furieux d'avoir été découvert, le manipulateur administratif, instruit de ce qui l'attendait, ne fit pas amende honorable, mais rasa les murs.

Le mal était fait. Il me fut accordé de garder trois heures d'enseignement hebdomadaire, mais la doyenne de la faculté ne répondit jamais à mes courriers, pas plus que le nouveau recteur. Ceux de mes étudiants qui étaient informés se révoltèrent, je les priai d'abandonner, remplis mes obligations pour mes dernières semaines de cours, et partis, quittant avec nostalgie ce lieu qui avait été mon paradis durant quinze ans.

La hiérarchie des hautes énergies[1] ne laisse jamais une injustice subie sans rétribution, et ce panier de crabes n'était pas mon affaire – mais deux ou trois semaines après, je fus chargée de mission à la culture, et pus animer des ateliers d'écriture auprès de jeunes collégiens quelques jours par mois. Résultat : j'eus du temps pour écrire, pour avancer, pour réfléchir et voyager. Cela dura cinq ans. Dans ce collège, je rencontrai une nouvelle amie. Ce qui avait été dans un premier temps vécu comme une punition et une échancrure permit ces bonheurs et m'offrit une libération plus haute. Mes étudiantes et étudiants me manquaient, mais les circonstances me permirent de faire des conférences un peu partout dans le monde. Plusieurs d'entre elles resteront gravées dans ma mémoire, comme celle de Calcutta, marquée par

1. Ainsi que la nomme Patricia Darré, grande medium.

l'accueil festif que nous avaient réservé des femmes indiennes, un vrai partage de joie. Des années après, je reçus un témoignage des élèves du lycée français de New York se souvenant d'une autre de mes conférences, sur Rilke, comme d'un moment inoubliable de leurs études. Les hautes énergies savent nous réchauffer le cœur.

L'Inde m'avait fait connaître ce proverbe jaïn : « N'en veuillez jamais aux méchants, la laideur de leurs actes est leur punition. » Je n'en ai donc jamais voulu à ce collègue malhonnête : sa bassesse était sa punition. Elle rejoignait les mots de Dostoïevski dans *Les Frères Karamazov* : « Mais, Père, qu'est-ce que l'enfer ? – C'est la souffrance de ne plus pouvoir aimer. »

Mais il s'agit là de reconnaissance au sens pur du mot. Quand on refait le chemin qui nous mène d'un point X à un point Y, on découvre une fois encore que le hasard n'existe pas, et que derrière une déception peut se cacher une autre façon d'être plus heureux. Ce qui montre bien que la gratitude doit devenir une vertu permanente, plénière, qu'elle ne doit pas seulement s'éprouver et s'adresser à ceux qui nous font du bien ponctuellement mais aussi à ceux qui nous ont fait du mal. Ils nous montrent ce que l'on n'a pas envie de devenir et notre apprentissage de la distance et du détachement nous libère peu à peu d'une colère parfois légitime devant des procédés abjects, mais négative pour le cœur.

Me reviennent à l'esprit – pourquoi maintenant ? – ces mots magnifiques de mère Teresa : « Le malheur de l'Occident, souvent, c'est que la société du plaisir écarte de la joie vraie », et cette autre réflexion, plus terrible : « Le malheur est que les gens ne savent pas souffrir, ils cèdent au désespoir. Cette pauvreté de cœur est souvent plus difficile à soulager et à vaincre. » Elle la comparait à la pauvreté matérielle – à ne pas confondre avec cette autre plaie qu'est la misère.

Comme il me faut aussi aller plus loin, jusque « derrière la montagne[1] », je voudrais partager ce qui se révéla être d'abord un exil avant de devenir ensuite une des lumières de ma vie.

Alors que j'ai vingt-huit ans, mon époux et moi sommes nommés professeurs au lycée français de Téhéran. Cette nomination, en plein soulèvement étudiant et au commencement de la révolution, nous secouait un peu : nous partions vers du danger et de

1. « Il faut toujours aller jusque derrière la montagne », proverbe zen.

l'inconnu, avec une petite fille de cinq ans. Là encore, la lecture des signes fut *néfaste* (comme le disaient les astrologues de l'Antiquité gréco-arabe qui opposaient *faste* et *néfaste*) : la veille de notre arrivée dans la capitale iranienne, l'armée avait tiré sur la foule des manifestants et, dans l'après-midi, nombre d'étudiants avaient été tués par la police chargée d'empêcher toute manifestation hostile aux décrets du Shah.

Comme un bonheur ne vient jamais seul, les services de l'ambassade chargés de notre accueil avaient oublié de nous envoyer une voiture, ce qui fait que, sans un sou iranien vaillant en poche, nous pûmes à grand mal, au bout de plus d'une heure, persuader un chauffeur de taxi de nous mener au lycée Razi. Éberlués, le proviseur et son épouse nous accueillirent et nous prêtèrent pour quelques jours un logement de fonction d'un confort rudimentaire. L'atmosphère était lourde, les visages de la rue étaient tendus et tristes et, pour ma part, je n'avais qu'un désir : fuir. Le soir même de notre arrivée, nos hôtes nous proposèrent pour nous détendre de dîner avec eux. C'est en entrant dans leur maison que la télévision, qui retransmettait en anglais les nouvelles internationales, nous apprit la mort de Jacques Brel. Souvenir ciselé dans le moindre détail de mes perceptions, je me tourne vers mon époux et lui dis : « Voilà un signe qui ne trompe pas : notre séjour commence par une nouvelle triste, il sera mouvementé, bousculant… »

Tout fut à l'avenant durant deux années : malles bloquées par les douanes sur le tarmac de l'aéroport durant six mois, couvre-feu à répétition, sans possibilité de pratiquer un sport, périodes de privation de fruits, de certains aliments qui n'auraient pu provenir que d'Israël, pays avec lequel les relations diplomatiques étaient rompues, livres retenus aussi par les douanes, rachat de vêtements, de linge de maison, blocage de mes manuscrits par la valise diplomatique, et j'en passe. Pourtant, joie d'enseigner et de partager avec nos élèves, belles rencontres avec des familles iraniennes d'une grande culture. Mais j'oubliais alors le principal : six mois avant que nous ne soyons nommés à ces postes, j'avais demandé à ne pas partir à nouveau en Afrique et, comme je savais que l'Iran était sur nos listes, j'avais prié pour y être mutée…

Deux années après, quand, attachés à cette terre de philosophes et de grands poètes mystiques, nous avons décollé de Téhéran pour retourner en France, je me suis souvenue que j'avais été exaucée. Je n'y avais jamais repensé avant ! Et j'avais eu, inestimable cadeau, une classe de douze jeunes filles merveilleuses… à qui j'avais transmis le goût de la littérature et de la liberté de penser, qui me suivirent de loin, et qui, par mes livres, maintinrent toujours le lien avec celle qui avait été leur jeune professeure. Quelques-unes me retrouvèrent pour des lectures de poésie, des fêtes, des dîners et puis… deux d'entre elles[1] organisèrent à Paris, quarante ans après que nous nous étions quittées à Téhéran, un dîner surprise pour les autres élèves et moi. Alors que j'étais devenue grand-mère, je les retrouvai célibataires, mariées, mères, heureuses et accomplies, toutes dans des carrières remarquables. Et elles me rappelèrent combien j'avais insisté sur la prise de conscience féministe, avec les livres d'Annie Leclerc, de Benoîte Groult, dans ce pays où la parole libre et audacieuse d'Hazrat-è-Sheykh n'était pas encore assez connue.

Ce qui s'était annoncé – et avait été par moments – comme une résidence éprouvante (les bains de sang de la population massacrée, la prise d'otages américains…) était devenu, au fil des années, la source d'un des plus grands bonheurs de ma vie.

1. C'est pour vous, Rochanak et Nouchine. Merci mes chéries.

Plus loin encore « derrière la montagne » : une énergie spirituelle avait trouvé le moyen de ne pas me quitter des yeux, de me garder ainsi liée à l'essentiel. Avait été mise en mon âme une nostalgie si puissante de la Perse que chaque fois que, dans un restaurant, un salon de thé, un bus, une soirée, j'entendais parler farsi (persan), d'inexplicables larmes me venaient aux yeux, comme s'il s'agissait de ma patrie perdue. Cela dura des années. Jusqu'au jour où je découvris l'œuvre philosophique du grand mystique Ostad Elahi, qui répandit sa lumière dans ma vie. Et quelque temps plus tard, alors que je rentrais d'une conférence à la Sorbonne, j'entendis dans un bus un groupe d'Iraniens parler farsi entre eux et reconnus immédiatement l'accent mélodieux de cette langue inscrite en moi. Et je fus surprise de n'être pas émue aux larmes, mais joyeuse. Et je compris… la boucle était bouclée. J'avais été maintenue dans cet état pour parvenir à renouer avec cet enseignement majeur. À présent, cette nostalgie avait rempli son rôle…

On ne peut pas en finir avec la nostalgie, cette grande douceur au fond de notre âme – elle est infiniment liée à la vie sur Terre, et donc par là même inépuisable.

Nos jours sont traversés par la nostalgie spirituelle qui nous intime de retrouver la « voie droite », disent les grands mystiques. Alors, seule reste vive la nostalgie d'ici-bas, celle qui peut devenir la mémoire de certains bonheurs…

Ce qui permet aussi, eu égard à de l'infime, d'ancrer la poésie au cœur même de la vie : un livre aux pages jaunies, où l'on retrouve un pétale de jasmin, un vieux carnet d'adresses où la plupart des noms n'égrènent que des absences, la fêlure d'une tasse à thé, la discrète ébréchure au bord d'une assiette nous renvoient au souvenir d'un geste enfui, c'est la caresse persistante du temps qui a passé, où du partage était vivant avec des êtres aimés qui ne sont plus. Ce qui rend à l'usure sa grâce, que n'auront jamais une tasse et une assiette neuves.

Exercice : repenser aux voyages, aux rencontres, retrouver des instants déterminants de la vie, où ce qui se présentait d'abord comme difficile, se révéla source d'un bonheur inattendu.

9
Empathie et compassion

La santé et les richesses, ôtant aux hommes l'expérience du mal, leur inspirent la dureté pour leurs semblables ; et les gens déjà chargés de leur propre misère sont ceux qui entrent davantage par la compassion dans celle d'autrui.

La Bruyère

Se connaître un peu, c'est savoir que l'humain est faible et que tout acquis est fragile. Si je sais que je peux parfois me sentir démunie et étreinte par le désarroi, vulnérable et proche d'être blessée, alors l'autre peut l'être aussi. Un exemple parlant : avoir souffert de maux de tête invalidants durant quarante longues années permet de penser que d'autres aussi peuvent en être éprouvés, et amène la conscience à plus de compassion pour tous – quels que soient leurs maux.

Voir dans les situations et les problèmes auxquels on est confronté une source d'enseignement est aussi une bonne manière de travailler sur soi. Au lieu d'une révolte stérile, on mène un combat. Imaginons – commençons au plus simple – que l'on se trouve heurté par le vocabulaire vulgaire d'une personne qui attend devant le cinéma que les portes s'ouvrent. Elle râle d'abondance parce qu'il commence à pleuvoir. On peut se mettre à l'abri, ce n'est pas grave, mais les mots sales et les noms d'oiseaux s'envolent sous la petite pluie parisienne. Au lieu de critiquer, remercions la vie qui nous a appris la maîtrise de soi, la bienveillance, et à ne pas se répandre ainsi pour une si mince contrariété.

On peut augmenter d'un cran : on attend dans une longue file à la caisse d'un supermarché, il y a derrière nous un ouvrier qui a peu de temps pour déjeuner et qui tient à la main un sandwich et une bière. Tous les cabas sont pleins et l'on propose aux clients de le laisser passer. Nombre de gens acceptent, mais il y a toujours un grincheux de service pour renâcler, la tronche en biais, et lancer un « il fera la queue comme tout le monde ! ». Paf ! Déception. Alors, intérieurement, on remercie de ne pas manquer d'amabilité à ce point. Il ne s'agit ni de critiquer ni de rabaisser l'autre – au contraire, la compassion s'impose –, mais juste d'éprouver de la gratitude pour avoir développé un peu plus d'empathie.

Et ainsi à l'infini. De l'être qui porte avec courage sa cécité à celui qui, privé de l'ouïe, n'entendra plus jamais Mozart. De celui qui, suite à un accident de la route, est en fauteuil roulant jusqu'à cet autre qui, ayant subi un AVC, se trouve aphasique : les occasions d'empathie ne nous manquent jamais… jusqu'à aider autrui, ou s'aider soi-même à atteindre des moments de détachement devant une perte matérielle, devant un dû qui vous est ôté par une astuce de l'administration fiscale, jusqu'à demeurer sans durcissement intérieur devant un renoncement imposé par un amoindrissement de santé. Il arrive que l'on doive rester doux avec soi-même…

Cela permet de ne pas se venger quand on en a l'occasion, et même de monter jusqu'au pardon face à une injustice, à quelqu'un qui nous a fait sciemment du mal, par mesquinerie ou jalousie. On passe, on dépasse, on n'alourdit pas son cœur de ces charges d'ombre qui font du mal à l'âme. Attention, on ne dit pas que c'est facile, au contraire, cela demande des efforts et des combats contre l'ego. Mais la victoire n'en est que plus appréciable. Et puis, on s'encourage de l'humour tibétain, « ce qu'un idiot a fait, un autre idiot peut le faire », histoire de ne pas s'enfiévrer en s'auto-congratulant à l'excès.

L'empathie, qui permet de se mettre facilement à la place de celui qui souffre, élargit le cœur, le rend compatissant. On échappe ainsi à ce mot terrible de Victor Hugo : « Plus le cœur est petit, plus il y tient de haine. » À partager la souffrance des autres, on relativise aussi, ce qui est une forme de douceur et d'acceptation ; on sourit à entendre la dame excessive qui s'écrie au téléphone, dans le tramway : « Il m'arrive un truc épouvantable, ma couturière est en retard, je n'aurai pas ma nouvelle robe pour le cocktail de Marie-Paule. » Hyperbolique, l'adjectif… Et en situation, presque drôle : souhaitons-lui de ne jamais connaître que cet épouvantable-là !

Même ceux qui se sont cassé une jambe ou un bras en sautant de la Promenade sur la plage de galets à Nice, le soir du 14 juillet 2016, se sont trouvés chanceux et presque épargnés par le malheur, quand quatre-vingt-six personnes ont rencontré dans cet attentat une mort effroyable. Pour tous ceux qui ont disparu, pour tous ceux qui ont perdu un être cher, pour tous ceux qui ont eu peur, si peur, oui, ce fut et c'est encore épouvantable. Notre compassion leur est acquise.

Quand les soucis ne sont que matériels, peut-être la gratitude nous apprend-elle à porter notre regard sur les aides reçues, et à y voir clairement une manière d'apprendre à lutter pour l'essentiel, contre le gaspillage – comme Rembrandt, devenu pauvre, disait que « les moments de maigre donnent relief aux richesses inaperçues ». Une fois encore, l'humilité offre une possibilité de développement et, après en avoir été et nourri et apaisé, on accueille les petits bonheurs au plus intime, avec une gratitude vraie. Au lieu de se reprocher sans cesse à soi-même de ne pas y arriver et d'être toujours en retard sur tout, mieux vaut s'accorder une petite détente après un long effort, et s'encourager à persévérer, en se gratifiant de quelques secondes de bonheur pour la chose accomplie. Et puis, plutôt que de se faire du mal en dépassant ses limites, ce qui est peut-être parfois une forme d'orgueil, on peut éprouver de la gratitude pour les acquis que l'on a su renforcer, que l'on a pu découvrir et manifester au bon moment.

Frappée d'un cancer très avancé, une de mes amies me confia un soir d'épuisement qu'elle se sentait confrontée à une épreuve énorme et se reprochait de ne pas être à la hauteur. (Annette, où que tu sois, ces mots sont pour toi.) Bouleversée, je lui dis qu'elle ne devait pas se juger, dans une telle situation, qu'elle avait tant à faire et à dénouer… Je lui répétais qu'elle ne devait pas exiger d'elle d'excéder ses forces morales. À sa place, chacun aurait des difficultés. Il était difficile de l'aider en évoquant les énergies divines, parce qu'elle disait ne pas y croire. J'avais beau lui redire que la foi ne relevait pas de la croyance mais avant tout de l'expérience, rien n'y faisait. Alors, à bout d'arguments, je lui proposai un jeu : « Tu fais tout ce que tu peux, physiquement et moralement, et quand tu te sens au bout, tu prononces tout bas ces quelques mots à l'invisible : "C'est le moment ou jamais de me manifester un peu de soutien, sinon je n'y arriverai pas." Et tu verras… » Elle a vu – ou plutôt entendu. Son fils de dix-huit ans, Samy, dont elle n'avait plus de nouvelles depuis des années parce qu'il avait été détourné d'elle par un père haineux, lui dit au téléphone : « Maman, je t'aime, tu sais, tu peux partir, je t'aime pour toujours… » et Annette, qui tenait sans boire depuis quatre jours, qui attendait quelque chose, reposa le téléphone et ferma les yeux doucement, apaisée. Libérée de son ultime attente.

Comment ne pas penser alors à l'histoire de ce pèlerin plein de reproches à l'égard de son ange : « Tu avais dit que tu m'aiderais, que tu serais toujours à mes côtés, mais quand je fuyais, solitaire et blessé, je ne voyais dans la neige que la trace de mes pas. Où étais-tu ? » Et son ange de lui répondre : « C'étaient mes pas, et je te portais. » Compassion, empathie réelles, chaque jour incarnées par des gens simples, des figures emblématiques (mère Teresa, sœur Emmanuelle, l'abbé Pierre, le père Ceyrac) et tant d'autres dont nous n'avons pas ou plus la connaissance et qui œuvrent pour le bien, chaque jour.

Exercice : pour développer son empathie plus que son jugement (trop souvent peu charitable), se mettre à la place d'autrui, aussi souvent que possible, autrui souffrant, autrui en exil, autrui sans toit et sans *toi*, autrui sans repères.

Et pour développer sa générosité, donner, ce que l'on peut, pour aider l'autre à avancer. À commencer par une pensée bienveillante, que l'on incarne illico dans un acte.

10
De la gratitude à la sérénité

Rien ne dépérit, c'est moi qui m'éloigne.
Rassurons-nous. Le large mais non le désert :
c'est assez pour que je triomphe de ce qui m'assiège.
Colette, *Le Fanal bleu*

Au plus pur de notre âme palpite un ardent désir
de nous abandonner librement et par gratitude
à un être inconnu, plus haut et plus pur, déchiffrant
pour nous l'énigme de l'éternel Innommé.
Goethe

Goethe souligne le pur mystère qui réside dans le désir de s'abandonner en confiance à l'inconnu. Et sa grande sagesse lui fait écrire « Innommé » – ce qui renvoie à la parole biblique : « Pourquoi me demandes-tu mon nom, puisque tu sais qu'il est mystérieux[1] ? »

Oui, la vertu de gratitude mène à une belle, profonde, joyeuse sérénité. Belle, parce que la sérénité participe de la beauté intérieure. Profonde, parce qu'elle se fonde sur l'analyse par la raison de l'enchaînement des causes et des effets, sur une compréhension des événements de la vie. Joyeuse,

1. Juges, 13.

parce qu'elle témoigne d'un lien (on en a vu l'étymologie) avec les hautes énergies.

N'est-il pas naturel d'étudier ce que le mot *sérénité* signifie de profond dans l'aventure de vivre de chacun de nous ? La sérénité peut être innée, venue avec soi, dans une sorte de tempérament doué pour la paix intérieure, la confiance. Heureux élu de la grâce. Mais cet état n'entre pas dans ce chapitre de réflexion sur la gratitude qui mène à la sérénité enfin rejointe.

Une telle sérénité s'acquiert en constatant combien rien n'est laissé au hasard, et à quel point les événements s'inscrivent dans un plan attentif (« pas un cheveu de ta tête qui ne m'intéresse ») qui veille à l'évolution de nos états intérieurs et de notre progression de conscience. En devenant une paix acquise, elle est plus forte. De la même façon qu'une libération est plus forte qu'une liberté dont on n'a pas conscience parce qu'on en a toujours joui.

Le regard que l'on acquiert alors est différent du regard anxieux souvent porté sur les étapes de la vie. Il suffit de se porter au secours du manque de bonheur d'autrui pour acquérir un état d'être qui soit plus vaste, écarte un peu l'égocentrisme et beaucoup l'égoïsme.

Quel est-il, cet être « plus haut et plus pur » dont parle Goethe ? S'agit-il d'un maître, d'un guide, d'un ange gardien, d'une puissance supérieure qui se chargerait de nous protéger, en qui nous aurions d'emblée une confiance absolue? « Librement » et « par gratitude », les mots sont forts.

La gratitude aurait-elle un lien secret, enseveli, avec l'intime de l'être, donc avec un souverain spirituel choisi librement par chacun de nous? Une sainte, un maître, un guide, ou comme l'appelle Patricia Darré, une « hiérarchie » ? Une sorte de conscience éclairée?

On l'a vu dans les chapitres précédents, la gratitude a partie liée avec une sorte d'altruisme qui aide notre champ perceptionnel à s'ouvrir. Au lieu d'être porté au cynisme, à l'amertume, on opte naturellement pour une pensée positive, qui développe un bonheur à partager, et l'on devient aussi naturellement un être bienveillant, reconnaissant, confiant en les énergies de la vie.

L'expression de la gratitude fait circuler du bonheur dans le corps social : des étudiants qui vous expriment de la gratitude pour la densité de vos cours, parce qu'ils en sortent plus sereins, davantage portés à la confiance, quel baume pour le cœur, quelle gratification pour les efforts que l'on a fournis pour transmettre des notions essentielles, liées aux grandes vertus vivantes qui illuminent une vie. Choisir les textes les plus propres à intéresser des étudiants dans une société troublée, qui fait trop place aux ricanements, aux critiques acerbes, à la bassesse, qui omet de transmettre les valeurs véritables aidant au moment des épreuves, et grâce à ces textes majeurs, transmettre des pensées fortes, des modèles justes, stimulants, qui éveillent des préoccupations philosophiques, métaphysiques de droiture, de générosité, de bonté, de détachement, de reconnaissance – n'est-ce pas là ce qui peut rendre plus confiant, plus serein parce que cela donne le sentiment humble d'un accomplissement qui progresse ? Ce qui en découlera, au bout de la dernière ligne droite, n'est pas dans nos mains…

Quel enthousiasme s'éveille alors dans l'étude, l'effort, les heures d'apprentissage de la connaissance de soi. La joie augmente, parce qu'on sent que la vie est chaque jour plus proche d'une mise en pratique juste de vérités qui nourrissent l'être.

Certains de mes étudiants se souviennent sans doute encore d'un de mes exercices : le petit carnet de gratitude. Noter chaque jour une chose, même infime, pour laquelle on voudrait remercier.

« Remercier qui, madame ?

– Qui vous voulez. Quelqu'un, la Vie, votre voisin, l'herbe qui pousse entre deux pavés, qui vous inspire. Juste dire merci… Qui dit gratitude dit joie de vivre, essayez. »

Je leur interdisais de me croire sur parole et leur demandais d'expérimenter mes conseils, j'ajoutais qu'ils venaient d'une pratique, pas d'une théorie. Certains m'en gratifient encore d'un sourire quand nous nous croisons et je sais, par des mots qui circulent entre eux, l'amitié qu'ils gardent à leur professeure.

La sérénité, ce serait de prendre réellement conscience de notre possibilité d'avancer vers la lumière : chance de pouvoir vieillir et d'accepter la mort, quand on est très âgé ou très malade, comme une délivrance. Notre société gangrenée de superficialité donne de la peine à la jeunesse, à force de paradoxes risibles. On énonce partout que vieillir, c'est aller vers plus de sagesse, c'est s'enrichir d'expériences, mais la jeunesse, effarée, voit les gens âgés avoir peur de vieillir et lutter contre les signes induits par le cumul des années.

Comment les jeunes pourraient-ils être joyeux d'avancer dans la vie quand ils voient leurs aînés ne parler que de rides, de chirurgie esthétique, de rajeunissement, et autres non-acceptations des années qui passent ? Le jeunisme est une fois de plus une forme cruelle de la bêtise et de l'incongruité : pour un être de vingt ans, apprendre qu'il a une maladie mortelle doit donner un immédiat, un immense désir de vivre, donc d'avoir le droit de vieillir. Il suffit que la vie soit menacée pour que le bon sens balaie ces inepties de lutte contre l'apparence du temps et que soit renouvelé le goût d'une vie la plus longue possible.

Grâce donc d'avancer en âge, de mûrir, de pouvoir exercer ces deux sentiments d'empathie et de compassion, pour une plénitude morale apaisante. Grâce de pouvoir devenir meilleur, de voir progresser ses enfants, grandir ses petits-enfants ou ses petits-neveux et nièces, chance d'apprendre encore, de découvrir encore, de retrouver du temps libre pour s'adonner à de nouvelles connaissances.

Arrivés à un certain point de maturité, tout nous murmure : « gratitude ». Comment ne pas éprouver de gratitude pour la foi, quand elle se révèle travail, effort, lumière, puis s'ancre en notre être au monde, nous offrant de développer et d'affermir chaque jour des qualités essentielles au développement et à la maturation de notre âme ? Comment ne pas témoigner de gratitude pour l'espérance, qui nous permet si souvent de lever le visage et de regarder au-delà des aspérités et des duretés du quotidien ? Comment ne pas ressentir de gratitude d'avoir croisé des âmes en chemin vers le rayonnement pur, comme Etty Hillesum, qui a illuminé la vie de milliers de gens ? Par la grâce des livres, par leur lumière, il nous est donné de rencontrer l'âme de ceux qui nous ont précédés, qui ont disparu et laissé leur témoignage de force, de conviction – et n'oublions pas les puissances invisibles qui veillent sur nous.

Gratitude pour la science et ses chercheurs inlassables, jamais découragés d'affronter le pire, les maladies qui brisent des vies ; gratitude pour les chercheurs en physique quantique qui parviennent à s'interroger sur l'âme, sa « matière » subtile, nous promettent d'en trouver bientôt « l'équation », qui étudient les vibrations, les trous noirs susceptibles de nous révéler quelque chose qui nous échappe ; gratitude pour la recherche qui va dans le sens de l'immortalité de nos mémoires, de l'éternité de notre vie, quelle que soit la forme de cette pérennité.

Gratitude pour la joie, cette force indépassable, parfois sans cause claire, qui irradie les heures et que rien n'épuise, jamais, même dans les pires moments de l'existence[1]. La gratitude perpétuelle maintient la joie vive, rayonnante, intacte. Gratitude pour la beauté partout manifestée, dans la couleur des fleurs, leur parfum, pour la lumière, pour tout ce qui nous fait signe qu'il y a autre chose, et qu'il ne faut pas s'arrêter à l'écorce du monde, aux miroitements des apparences… Inépuisable gratitude qui nous vient de pouvoir admirer, nous émerveiller du sens des choses, peu à peu révélé.

Gratitude pour la sensibilité qui nous donne de tant recevoir, de tant souffrir d'abord des épines du monde, et d'enfin pouvoir transmuer la blessure en splendeur partageable : on ne devient pas Chopin, Mozart ni Rachmaninov en traversant une vie lisse et sans encombre.

Infinie gratitude, chaque matin réveillée, pour la bénédiction d'aimer, de rire, de donner à aimer, pour les valeurs inestimables, ces choses qui n'ont aucun équivalent matériel et appartiennent par-là au souffle immortel des dons lumineux qui vont à qui sait les accueillir, immense gratitude pour les

---

1. Raison pour laquelle je m'impose de terminer avec le mot « joie » mon livre sur la vie spirituelle d'Etty Hillesum, *L'Amour dans l'âme*.

espaces de silence intérieur – où nous n'allons pas assez souvent –, les pensées offertes aux plus hautes énergies, pour la grâce de celles et ceux qui ont su transmuer leurs blessures et leurs souffrances en beauté, pour leur âme et l'âme des autres, et je pense à Geneviève de Gaulle-Anthonioz, Germaine Tillion, Simone Veil, Anne Frank, Etty Hillesum, Gitta Mallasz, à celles et ceux que l'on voudrait nommer pour mieux dire notre reconnaissance.

Il y aurait à se livrer à un exercice de recherche – ce jeu aimé des surréalistes, sans jeu de mots : la liste. De tout ce pour quoi on devrait éprouver de la gratitude.

Ne devrait-on pas être reconnaissant envers les grandes splendeurs de cette vie terrestre ? L'amour, même bafoué, abîmé ou trahi, l'être qui l'éprouve est exhaussé au-dessus de lui-même et connaît des instants d'absolu. Que dire de la tendresse, trop souvent oubliée, de la douceur négligée parce que sans éclat, de la noblesse d'âme que traduit le respect ? Il y a la cohorte des petits méprisés : la gentillesse, la bonté, la bienveillance, la délicatesse, l'écoute, la pudeur, l'humilité – ces merveilles jetées et tenues pour pas grand-chose par une société arrogante et mercantile. N'oublions pas ces richesses lumineuses, que sont la patience, l'humour, le pardon, la bénédiction, la générosité, l'amitié, et par toutes ces voies, la connaissance qui s'approfondit – nous avons tellement de raisons pour lesquelles remercier la vie, elle qui nous offre de connaître toutes les diaprures des sentiments humains.

Que de gratitude pour la beauté en toutes ses formes et ses expressions, pour la musique, la rencontre des visages et des livres, le sourire des enfants et les larmes de joie, pour les paysages et le silence, pour la puissance de créer, pour un geste de bonté inattendu et le cheminement de la grâce dans une vie, pour l'émerveillement et le don d'admirer, pour le courage plus fort que la peur et le dépassement de nos limites, pour la noblesse qui parfois l'emporte sur le profit et l'avidité, pour l'éthique qui l'emporte sur la facilité de la bassesse, pour les matins d'enthousiasme et les instants de bonheur, pour la paix qui résiste à la guerre et l'amour qui, un jour, sera définitivement plus fort que tout, partout – il faut y croire et porter ce monde. Pour la joie.

« Dire que j'aurais pu ne jamais naître », nous dit Andrée Chedid. Ne devrait-on pas remercier pour avoir la chance d'être en vie et de prier, pour la grâce de penser et de réfléchir, pour le bonheur de donner ? Et surtout, remercier pour celle qui nous a ouvert toutes ces portes, la gratitude.

Exercice : faire comme mes étudiants, prendre un carnet ou un cahier, et noter au soir de chaque jour ce pour quoi on a envie de remercier. Remercier quelqu'un, un instant, une rencontre, la vie. On voit la moisson à la fin de chaque saison. Une lumière naît alors, invisible, mais qui irradie à l'intérieur de soi et manifeste sa présence dans un sourire. La confiance en la vie mène peu à peu à la conquête de la sérénité, de l'acceptation et de la résilience.

Si la vie n'est qu'un passage,
sur ce passage au moins semons des fleurs.
Montaigne

Si par la gratitude, ce sentiment humble et hautement éthique, nous parvenons à admirer le spectacle, de plus en plus intérieur, de la beauté, puis à reconnaître celle-ci partout où le monde ne cesse de nous la proposer, si réellement nous faisons cet exercice suprême de nous sentir investi par la porosité à la splendeur, alors il nous deviendra évident que nous devons entrer dans le combat. Que nous devons participer à l'instauration du mieux pour toutes et tous et accepter de mettre un peu de notre énergie dans cette possibilité d'admiration et d'émerveillement. Que nous devons présenter cette opportunité à chacune et à chacun, aux générations à venir. Ainsi, nous accomplirons notre devoir de beauté, que ce soit dans l'effort, la persévérance, le courage, le pardon, le don de soi, le partage ou le soin de son jardin. De tous ses jardins.

Nice, Montréal, Paris, Tournefort,
juin 2019-février 2020

Petit abécédaire

Altruisme
Sans un minimum d'intérêt pour autrui, point de gratitude. Ce sentiment merveilleux suppose que l'on soit conscient de l'unité des êtres, et que l'on reçoit toujours plus qu'on ne donne. Sauf mère Teresa ou l'abbé Pierre, et quelques milliers de discrets sur la question de l'amour d'autrui. (Si j'avais dit cela devant eux, ils auraient refusé le compliment.)

Lire les poésies d'Anna Akhmatova.

Et réécouter *Bozo*, de Félix Leclerc.

Bonté
Qualité qui permet de trancher entre la poule et l'œuf: être celle/celui qui fait une bonne action, qui est à la source de ce qui peut provoquer (ou non) chez l'autre

un sentiment de gratitude. Qualité qui permet de préférer le bien commun à son petit intérêt personnel. Comme qualité, elle est si forte et si humble qu'un jour elle transforme le visage et la voix.

Lire Beckett (mais pas trop).

Balzac, *Le Lys dans la Vallée.*

Charité

Un proverbe français énonce : « Charité bien ordonnée commence par soi-même. » Je ne l'ai jamais aimé. Il procède d'une raison boutiquière. Qui n'est préoccupée que de matérialité. Donner (du temps, de l'écoute, de la présence, de la douceur, bref, de l'amour) suppose que l'on sait, dans son âme, que la source du don est inépuisable. Et que là est l'essentiel.

Lire et relire toute l'œuvre de Colette.

Donner

« Tout ce qui n'est pas donné est perdu. » Autre proverbe, qui répond si joliment au précédent.

Relire Dostoïevski, *Les Frères Karamazov*. Duras, *Savannah Bay*, *Lol V. Stein*, *L'Amant de la Chine du Nord*.

Lire et relire des poètes.

Éthique

Fondement de tout : sans principes éthiques essentiels, vivants, mis en pratique, une vie n'a pas de colonne vertébrale. Des imbéciles ont mis à la mode le ricanement dès qu'est prononcé un mot comme « morale ». C'est ainsi que furent écornées, puis abîmées l'éducation, la transmission, la sagesse, et que notre planète se trouve si mal en point.

Lire et relire le grand maître Ostad Elahi.

Franchise

Qualité qui n'est possible qu'entre des êtres libres – et dont le verbe *affranchir* découle. Si, sans brutalité, vous faites remarquer à un ami qu'il exige des autres une attitude de noblesse qu'il ne s'impose pas à lui-même, vous faites acte de générosité et prenez le risque de perdre quelqu'un… que vous preniez pour un ami. Mais permettre à l'autre de se remettre en question est juste. Si l'autre est incapable d'en éprouver de la gratitude, tant pis pour lui. Surtout si votre franchise a été portée par l'affection et la gentillesse.

L'Éducation sentimentale, de Flaubert.

Générosité
Il en faut pour être capable de reconnaissance. « Qui ne sait pas recevoir ne sait pas donner. » Se rendre compte qu'il en faut pour être heureux. Aider les autres permet d'éprouver un bonheur d'empathie que rien ne dépasse. Juste en passant : reconnue comme étant la première qualité divine…

La Mère, de Gorki, et *Lettres à la Mère*, de Vassili Grossman.

Goethe, *Les Souffrances du jeune Werther*. Khalil Gibran, *Le Prophète*.

Humilité
Contraire de l'orgueil et de l'arrogance. Conscience que nous sommes peu de chose, si ancrée au fond de soi qu'elle en est oubliée par l'être véritablement humble. La plupart des habitudes humaines ne sont pas bonnes : elles relèvent soit de l'addiction, soit de la routine. En revanche, mettre en pratique une qualité jusqu'à ce qu'elle devienne une belle habitude (faire passer l'intérêt d'un pauvre avant le sien) est une saine application.

Évidemment *Les Contemplations*, de Victor Hugo.

Etty Hillesum. Tout son *Journal*, ses lettres.

Inspiration

Être inspiré par quelque chose de plus grand que soi. C'est ma réponse, quand les gens qui veulent écrire me demandent : « D'où vous vient l'inspiration ? » Parce que j'ai remarqué que ce qui a de la puissance dans l'écriture a autant de puissance dans les bonnes actions de notre vie. Et c'est un peu autre chose que le style.

Approfondir quelques pensées d'Ignace de Loyola. Les mettre en pratique n'est pas interdit.

Joie

Sentiment intime qui nous relie aux énergies lumineuses de la vie, du monde. Certains étymologistes la relient à Dieu – *gaudia*. La joie est présente en nous dès que nous faisons un geste pour un autre, sans y avoir un intérêt égoïstement personnel.

Vladimir Jankelevitch, tout, même les entretiens.

Kanji

Celui-là, j'ai dû le rechercher dans ma mémoire… En Inde du Sud, on organise, pour bénir une action, pour faire une célébration spirituelle, un *kanji*, une distribution de nourriture pour les plus démunis. Une tante de mon époux, devant le portail de la grande maison à Pondichéry, les appelait à venir chercher leur part, en disant «*sami kanji, sami kanji!*», ce qui signifiait «don des dieux», tant elle trouvait délicieuse cette préparation à base de riz, de sucre, d'amandes et de raisins secs.

Relire *Penthésilée* de Kleist, indépassable.

Loi (du monde)

Plus on donne, plus on reçoit. On devrait le rappeler aux gens qui ont du mal à mettre «la main à la poche». Ne me croyez pas sur parole – même si j'en suis digne –, vérifiez, c'est-à-dire faites émerger la vérité par l'expérience. La force en est irréfutable.

Relire Levinas, bien sûr.

Merci

C'est le premier mot de la gratitude. Mais seulement quand il n'est pas un réflexe ni un automatisme. Quand il est ressenti puis prononcé, il est le premier pas.

Robert Musil, *L'Homme sans qualités*.

Noblesse

La pensée de ce que l'on doit aux autres rend humble, attentif, reconnaissant de la nécessité de se nettoyer profondément de toute prétention : alors, peu à peu, une certaine noblesse d'âme se fait jour. C'est une lampe que rien ne devrait éteindre, une vigilance, comme l'honneur.

Les poèmes de Pablo Neruda.

Relire inlassablement les *Chansons* de Marie Noël.

Occasions manquées

L'objectif étant de devenir meilleur, il ne faut pas rater les rencontres, même furtives, qui permettent de faire du bien autour de soi. Les grands maîtres spirituels nomment nos inadvertances et autres négligences « les occasions manquées ». Il faut veiller à ne pas perdre les possibilités d'observer le Réel, de prendre conscience de ce qui nous est proposé, et d'y répondre par quelques offrandes – de soi.

Lire la correspondance de Virginia Woolf avec Vita Sackville-West.

Lire également Joyce Carol Oates.

Pardon

De toutes les vertus, le sens du pardon est le plus difficile : apprendre à dépasser ce qui nous a blessé, meurtri, en chercher la cause pour élucider le mécanisme de la méchanceté – c'est difficile quand on apprend que l'autre l'a fait par intention. On peut sortir de la peine par la prière…

Boris Pasternak, ses lettres à Rilke et à Marina Tsvetaïeva. Un des plus beaux livres du monde.

Proust.

Qualités

On leur préfère le nom de vertus, qu'elles soient cardinales ou théologales. L'intérêt est de s'appliquer à les développer, en soi, à les intensifier par la mise en pratique, cela mène à une réelle gratitude pour celles et ceux qui nous ont aidés à les conquérir.

Quevedo, pour la formation du jeune accompagnateur de l'aveugle…

Les *Élégies de Duino*, de Rilke.

La Sibylle, de Pär Lagerkvist.

Reconnaissance

L'autre nom de la gratitude ; mais j'insiste, pour *reconnaître*, il faut apprendre à voir, à connaître, donc à reconnaître la vérité des faits, des choses. Reconnaître ce que l'on doit aux enseignants qui ont jalonné un chemin, c'est une étape essentielle, une forme de salutation d'un rayonnement qui a ouvert nos portes intimes. Dans ma vie, j'ai appelé cela « régler ses dettes de gratitude ».

Lire Rûmî ainsi que Rilke, ses *Lettres à un jeune poète* et sa correspondance.

Sacré

Si la sagesse est un couronnement intime, dû à la persévérance de nos efforts, cela ne s'obtient qu'en posant des instants, des figures, des livres ou des rencontres comme « objets » sacrés, dans notre vie. À mes yeux, la gratitude est une voie sacrée, un lien essentiel à la vie, aux énergies supérieures et peut-être à la sainteté.

Sainte Thérèse d'Avila, les poèmes de Sappho, tout Shakespeare.

Racine, *Phèdre.*

Tâche

« La sainteté ? C'est notre tâche. Ce devrait être notre but à tous », rétorquait mère Teresa à un journaliste qui l'interrogeait, moqueur, sur la question de sa sainteté. Une tâche est un travail qui nous tient à cœur, un mélange de devoir sacré et d'acceptation profonde de cet accomplissement.

Nadia Tuéni, toute sa poésie. Relire Tolstoï.

Unité

Sans l'unité d'être, aucune action n'arrive à son but : il nous faut réunir l'esprit, le cœur et l'âme, pour que rien ne nous divise ni n'affaiblisse nos forces – volonté et persévérance. Et savoir qu'abîmer un être, c'est abîmer l'Un que nous constituons tous, quand nous sommes portés par l'amour.

Lire les *Upanishad*.

Vérité

Il n'y a qu'une seule vérité, c'est aimer. Tout le reste rampe. Et c'est l'exercice le plus difficile qui soit. Aimer qui est aimable, c'est facile. Mais aimer l'autre malgré ses fautes, et les plus lourdes, demande de se vaincre.

On aurait pu opter aussi pour Vigilance (à repérer), Voir (le Réel), ou encore pour Vertus, celles qui nous manquent souvent si cruellement : les théologales – la foi, l'espérance et la charité – et les cardinales – la force d'âme, la justice, la prudence et la tempérance.

Vivekânanda, son enseignement.

Villon.

Waouh

Exclamation qui nous vient en regardant quelque chose de beau, d'admirable, qui exprime une forte salutation intérieure. Espérons qu'elle nous viendra à la fin de notre vie en regardant le chemin spirituel que nous aurons parcouru, si possible avec bonheur. Et que, comme la petite dame de Sempé priant dans une église, nous dirons : « J'espère, mon Dieu, que lorsque je me présenterai devant vous, au vu de mon potentiel génétique, vous émettrez un sifflement admiratif, et que vous direz : "Chapeau !" »

Virginia Woolf, ses romans.

Whitman, Oscar Wilde.

XXL

C'est habituellement l'indication d'une grande taille pour un vêtement, c'est devenu une expression qualifiante d'une grande dimension. C'est la démesure, souvent, de nos inadvertances, et en face, c'est la hauteur de ce qu'il nous faut gravir pour devenir meilleurs. Pas de temps à perdre.

On essaiera Xénophon, mais ce sont des souvenirs du lycée.

Yoga
Que ce soit par l'équilibre du yin et du yang (disent les philosophes chinois) ou par l'harmonie du Ha et du Tha (les énergies du Soleil et de la Lune, pour les métaphysiciens hindous), dans le hatha-yoga, chacun doit trouver sa voie de démarche intérieure pour rejoindre la gratitude, pour l'émerveillement d'être. Vivants.

Yeats, tous ses poèmes.

Zouh !
Oui, je n'allais pas écrire *zen*, sous prétexte que les mots commençant par un Z ne sont pas légion en français ! Je préfère *zouh*, par gratitude pour ce film profond, *Out of Africa*, où Robert Redford reprend en souriant le mot claquant que Meryl Streep lance pour faire dégager les importuns et les petits singes de ses caisses de porcelaines.

Mais ici mon *zouh* signifie « au travail ! », cessons de remettre à demain le travail sur soi qui exige détermination et persévérance, pour atteindre la joie de la gratitude.

Stefan Zweig, sa correspondance avant tout.

Remerciements

À Diane Scott, à Ophélie Scott, à Corinne Maier,
à mes petits-fils que j'aime, donc qui me comblent.
À Milé, à Nadine, à Denise.
Enfin, à Maman…

Table des matières

Dans la même collection

Petit éloge de la gentillesse, Emmanuel Jaffelin
Petit éloge du charme, Harold Cobert
Petit éloge du transat, Vanessa Postec
Petit éloge des saisons, Pierre Pelot
Petit éloge de la jouissance féminine, Adeline Fleury
Petit éloge du catholicisme français, Jean-François Bouthors
Petit éloge de David Bowie, Daniel Salvatore Schiffer
Petit éloge de l'enfant, Pierre Lassus
Petit éloge du running, Cécile Coulon
Petit éloge de la course cycliste, Jean Cléder
Petit éloge des gares, Pierre Lassus
Petit éloge du rugby, Ludovic Ninet
Petit éloge du surf, Joël de Rosnay
Petit éloge de la gourmandise, Nicolas d'Estienne d'Orves

À paraître

Petit éloge du baiser, Jérôme Attal

Pour limiter l'empreinte environnementale de leurs livres, Les Pérégrines font le choix de papiers issus de forêts gérées durablement et de sources contrôlées.

Imprimé en France par CPI en mars 2021 sur du papier Munken Print White pour l'intérieur et Rives tradition blanc naturel pour la couverture.

IMPRIM'VERT®

Dépôt légal : avril 2021
N° d'impression : 2056537
ISBN : 979-10-252-0523-5